魍《もう》魎《りょう》桜《ざくら》　よろず建物因縁帳

内藤 了

JN179393

講談社
タイガ

デザイン——舘山一大
写真——KENKICHI. N（アフロ）

目次

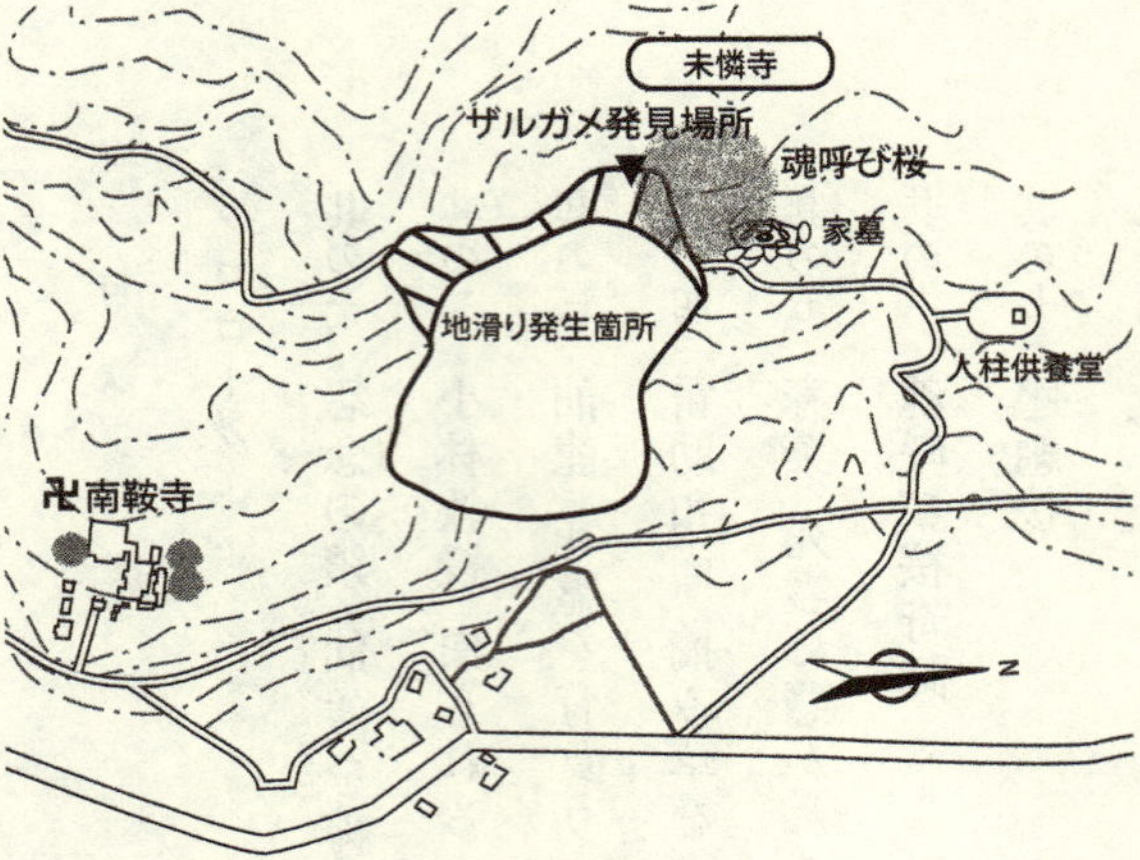

猿沢《さるざわ》地区周辺位置図

登場人物紹介

高沢《たかざわ》　春菜《はな》――広告代理店アーキテクツのキャリアウーマン。サニワ。

井之上《いのうえ》　勲《かおる》――春菜の上司。文化施設事業部局長。

守屋《もりや》　大地《たいち》――仙龍の号を持つ曳き屋師。鐘鋳建設社長。隠温羅流導師。

花岡《はなおか》　珠青《たまお》――仙龍の姉。割烹料理『花筏』の女将。隠温羅流のサニワであった。

守屋治三郎《もりやじいちろう》――鐘鋳建設の専務。仙龍の祖父の末弟。棟梁と呼ばれている。

崇道《すどう》　浩一《こういち》――鐘鋳建設の綱取り職人。呼び名はコーイチ。

加藤《かとう》　雷助《らいすけ》――廃寺三途寺に住み着いた生臭坊主。

小林《こばやし》　寿夫《ひさお》――民俗学者。信濃歴史民俗資料館の学芸員。

長坂《ながさか》　金満《かねみつ》――長坂建築設計事務所の所長。春菜の天敵で、あだ名はパグ男。

魍魎桜

よろず建物因縁帳

プロローグ

昼過ぎからすでに、風は轟々《ごうごう》と鳴っていたのだが、それに加えて三時過ぎには雨が来た。眼下に水田地帯を望む丘陵の一角で、工事人たちは空を仰ぐ。

長野県北部と境を接する猿沢《さるざわ》地区は、古くからの地滑り地帯《じすべ》である。地滑りは崩落とは違い、一定期間を経《へ》て徐々に地面が滑り落ちるため、苦心して開拓した田畑や宅地が次第に使えなくなっていく。家を建ててもひび割れて傾き、畑に植えた果樹も枯れ、土地を捨てるか踏み留《とど》まるか、先人の苦労や心労は並大抵のものではなかったと今に伝わる。

このときも、工事人らは客土《きゃくど》を採掘して地盤改良を進めている最中であった。

「冷えてきたなぁ」

現場責任者の上林平司《かんばやしへいじ》は、春の嵐《あらし》が来ると察して、即時撤収を仲間に命じた。

春先の天気は一気に変わる。突然風が強まって、丘陵に林立する針葉樹が大きく揺れた。冬越しの真っ黒な木々が強風になぶられる様は、巨人が頭髪を振り回すがごとく。ちりぢりに雲がゆき、彼方《かなた》から黒雲が近づいてきて、間もなく雨が激しくなった。

「嵐が来そうだ。戻るから養生《ようじょう》しれや」

上林は声を上げ、工事人らと協力して重機や採掘した客土をシートで覆《おお》った。ゴロゴロゴロと空が鳴り、森も田畑も暗さを増した。刹那《せつな》、遠くに稲妻が光り、雨が霙《みぞれ》に変わりはじめる。霙交じりの大粒は熟れた柿《かき》のように地面で潰《つぶ》れ、次々に降るものも、見る間に雪に変じるかのようだ。

上林らが立つのは樹《き》のない斜面だ。丘の上には林があるが、客土を採掘するここには何もない。霙はともかく、頭を狙《ねら》ってくる落雷が恐ろしいのだ。

「急げーっ！　戻るぞーっ」

工事人らの背後には丘が迫って、前方には集落と、その奥に水も稲もない水田が広がる。今日の仕事は終わりだとばかりに、顔に滴《したた》る霙を拭《ふ》いたそのときに、

「おっ！」

と誰かが奇声を発した。仲間たちもまた一斉に腰を落として身構える。

ず……ずず……ず……ず……

足下の大地がわずかに滑った。土中に油が敷かれたような、滑《なめ》らかで緩慢な動きであった。絨毯《じゅうたん》に乗ったまま地面を滑り落ちていく感覚だ。長い距離を移動するのでもなければ、危機感を覚えるほどの速度でもないが、踏みしめる大地が動く心許《こころもと》なさと不気味さは、体感した者でなければわからない。

「抜けるぞ」

また誰かが叫び、工事人らは這《は》うような足取りで、滑る大地を真横に逃げた。稲妻がバ

リバリバリッと空を裂く。水田の奥に落雷があり、霙は突如霰《あられ》に変わった。

「来い、早く来い！　こっちだ、急げ」

動く地面から逃げ切った仲間が、腕を振り回して叫び続ける。最後尾から斜面をゆく上林の目前で、大地は徐々に滑りを速める。

「こっちだ、平ちゃん。手ぇ伸ばせ」

ブルーシートで覆ったばかりの重機が傾き、彼の背後で横倒しになった。仲間が伸ばした腕を摑《つか》んだとたん、足下をすくわれて下半身が土に落ち、そのまま斜面を引きずられていく。もろともに落ちてきた仲間が二人、為《な》す術《すべ》もなく斜面を流れる。

ともあれ数メートル滑り落ちたところで動きは止まった。びいようおうぅ！　と、風が吹き、霰が激しく顔面を打つ。団子状態で斜面を滑った三人は、互いに支え合いながら立ち上がり、地を這うようにして、ようやく不安定な場所から抜け出した。

「大丈夫かー？」と、声がする。

「大丈夫だーっ」

返事をしながら上を仰ぐと、さっきまでいた場所に大きな亀裂《きれつ》が入っていた。斜面が抉《えぐ》れて表層だけが滑ったらしく、亀裂部分に赤茶けた土が露出している。客土はブルーシートごと下方にずれて、重機はすっかり横倒しだ。もともと地滑りの多い地域であるから、裏山が滑って林道を押し出すことや、山裾《やますそ》が次第に滑り落ちるなどはよくあるものの、これほど広範囲に地面が滑るのは初めて見た。誰も巻き込まれなくてよかったと亀裂に目をやり、「む?」と上林は眉《まゆ》をひそめた。亀裂から何かがつき出ているように思えたからだ。

上にいる仲間たちの許へ向かいつつも、上林はそれから目を逸《そ》らすことができずにいる。冷たい地面を蹴《け》って登り、ようやく仲間と合流すると、今度は先陣を切って亀裂へ急いだ。

「平ちゃん。よう、平ちゃん、どうしたよ?」

一人が怪訝《けげん》そうに訊《たず》ねたが、上林は足を速めるばかりだ。

工事人らも彼に続き、そして、上林が何を見て急いだかを知った。

「おい、ありゃ何だ」

「何だってなんだ?」

「あれえ」

誰かが間の抜けた声を出す。凍えるような寒さの中、不用意に目を開けると霰が飛び込む。それでも彼らは顔を拭《ぬぐ》って、上林の脇《わき》に集まった。無残《むざん》に抉れた場所は地中の土砂を剝《む》き出していたが、そこに、奇妙なものが表出していたからだった。

それは梵鐘《ぼんしょう》ほどの大きさで、土饅頭《どまんじゅう》のように丸く、亀裂から斜めに突き出している。一面泥にまみれているが、明らかに岩や土くれではなかった。

「なんだ……こりゃあ……」

触ってみると、脆《もろ》くも固い。上林は凍える手で表面の泥を払った。何かのお宝ではなかろうか。それとも古い時代の大甕《おおがめ》だろうか。一同は互いに顔を見合わせたものの、言葉を発する者はなく、一斉に土饅頭に取り付くと、一心不乱に泥を払った。

パラパラと地を打っていた霰が去り、再び霙交じりの雨に変わった。遠くの空が明るくなって、林の奥に陽が射《さ》し始めた。土饅頭はあまりに大きく、まだまだ土砂に埋もれている。誰かがスコップを持ってきて、それを機に全員で周囲を掘り始めた。割らないように、慎重に。頭上を鳥が飛んでゆき、現場近くの老木から名残《なごり》の雨がしたたり落ちる。風は冷たく、指先が凍る。

数十分後。掘り出されたのは、巨大な繭《まゆ》のごときものだった。漆喰《しっくい》で塗り固められた半球体。その周囲はふた抱《かか》えほどもあり、高さは胸のあたりまである。甕のように口はなく、ザルを伏せたようなかたちをしている。

「おい。そっち持て」

上林は采配《さいはい》を振って若い職人を両端に立たせた。

周囲の土砂を取り除いたので、物体は土に伏せた状態になっている。上林が中央に立ち、優しく揺すると、わずかに動く。三人は呼吸を揃《そろ》えて、繭のようなものを慎重に揺らした。

天空を覆っていた雲が去り、晴れ間から陽が射し込んでいた。

風はやみ、あたりは静かだ。

高らかに鳥の鳴く声がする。

「いくぞ。せーのっ！」

割らないように注意しながら、ひときわ大きく物体を揺すると、底と地面が剝離《はくり》する手《て》応《こた》えがあり、支点となった側面に亀裂が走った。

「待て待て、げっち《強引》にやると割れっちまうで！」

慌てて作業を中断するも、ひび割れた箇所が剝落し、十センチほどの穴が空いた。

「マズいぞ。やめろ、ちょっと待て」

隙間《すきま》から中が覗《のぞ》けそうである。上林は地面にしゃがみ、首を傾けて目を凝《こ》らした。

若い職人がスマホを出してライトを点《つ》ける。それを上林に手渡すと、彼は繭のような物の内部を照らした。

黒々と並ぶふたつの穴が、内部から上林を睨《にら》んでいた。

「ひっ」

息を吞《の》んで腰を引き、仲間の顔を見て安心し、再び好奇心で覗き込む。

黒々としたふたつの穴は紛《まが》う方なき髑髏《どくろ》の眼窩《がんか》だ。その下にくわっと開いた口があり、白い前歯が並んでいた。

「人だ……死骸《しがい》。ドクロ。骸骨《がいこつ》」

上林は仲間たちを振り向いた。

「中に死体が入ってる」

陽が射して、丘陵に走る亀裂を照らす。

赤い土壌に現れた灰白色の巨大な繭は、内部に死人を抱いていたのだ。

其の一

怨念の鎖　仙龍《せんりゅう》を縛る

桜前線が北上している三月中旬。

最終期の売り上げ見込みを弾《はじ》きながら、高沢春菜《たかざわはな》は、今日何度目かのため息をついた。一年の半分近くを花の季節から遠ざかる信州では、遅い春の訪れと共に、風には花が、空にはおぼろな春の気が、大地に日射しが匂《にお》い立つ。心が浮き立つ美しい季節にもかかわらず、春菜はここ何年か、楽しい気分になったことがない。なぜなら彼女が勤務する広告代理店アーキテクツは、春爛漫《はるらんまん》の四月末に過酷な決算期を迎えるからだ。

春菜の所属する文化施設事業部が今期掲げた売り上げ目標は、前年度比の十五パーセントアップだ。ところが今期は大型の箱物《はこもの》事業計画にありつけず、既存施設の修理改修など地道な業務ばかりであった。数を撃っても見返りは少なく、売り上げ目標を達成できる見込みがつかない。あれと、これと、それとむこうを換算しても、目標にはまだ届きそうにないのである。

「来期の見通しも、橘高組《きったかぐみ》さんのポケットパークくらいしかないしなあ……」

モニター上にまとめた営業日報を睨みつつ、春菜はむっと唇《くちびる》を結んだ。

どこかにめぼしい仕事が転がってはいないかと、地方ニュースやイベント情報をネットで漁《あさ》ってみたものの、残り一ヵ月で売り上げにつながるような物件は転がっていない。建築がらみの大きな仕事がひとつ入れば御《おん》の字なのだが、そういう仕事はヒモ付きだ。いわゆる長坂《ながさか》パグ男《お》のような、調子ばかりよくて支払いが渋《しぶ》い、喰《く》えない設計士が事業の決定権を握っている場合が多いのだ。春菜個人の売り上げ目標にはあと少し。ところが、その『少し』の目処《めど》がどうにも立たない。すでにありったけの物件を売り上げているから当然なのだが、ここで諦《あきら》めるのは負けた気がして許せない。そうは言っても八方塞《はっぽうふさ》がり。残り一ヵ月で何を詰めれば売り上げられるか、正直なところ、春菜は少々息切れしていた。

「今朝から数えて、もう三回目のため息よ、高沢さん」

受付事務員の柄沢《からさわ》が、デスクにコーヒーを運んでくれた。

午前十時からは休憩時間で、お茶の時間が十五分だけ設けられているのだった。

「ありがとう。ていうか私、三回もため息ついた？」

柄沢はお盆を抱えてニコリと頷《うなず》く。

「ため息つくと幸せが逃げていくんじゃなかったの？　あれ？　そう言っていたのは井之《いの》上《うえ》部局長だったっけ？」

「そうそう、井之上部局長」

椅子《いす》の背もたれに体を預けて、春菜はデスクにふんぞり返った。気が付けば、営業のデスクにいるのは春菜だけだ。あれこれと考えているうちに、仲間は仕事に向かったらしい。閑散とした社内には、柄沢と、事務員の飯島《いいじま》だけがいる。

「十時のお茶を社内でしているようじゃ、営業失格なんだけどな。でも、柄沢さんが淹《い》れてくれたコーヒー美味《おい》しい」

「誰が淹れても同じでしょ。サーバーなんだし」

柄沢はそう言うが、自分がサーバーから持ってくるコーヒーの数倍は美味しい。

「ですよねえ。でも、美味しいんだもの。なんでかな。ただカップに入れるだけなのに」

「ただ入れるだけじゃなくって、提供する直前に落とし直すのよ」

「そうなの？　ストックしていたコーヒーじゃないの？」

自分もコーヒーを飲みながら、柄沢は微笑《ほほえ》んだ。

「保温してると酸味が出るから、お茶の前に入れ替えるのよ。残っていた分はお砂糖を加えて冷蔵庫へ。営業の人たちがアイスコーヒーで飲むのがそれね。冷やすと酸味が気にならないから」

「そうだったんだ……さすがは柄沢さん」

「だてに十年以上も受付をやってるわけじゃないのよ。見直した？」

柄沢は三十代前半で、春菜が入社したときにはすでに受付にいた。ハキハキとした物言いで、誰よりも社内の内情に詳しく、機転と人当たりの良さから人望が厚いアーキテクツの顔である。

仕事にしか興味のない春菜は同僚の私生活を詮索《せんさく》しないが、自分同様に柄沢も、たしか未婚だったと思う。

「柄沢さんみたいな人をお嫁さんにもらったら、幸せですよね。どうして結婚しないんですか?」

「ああ、それ、訊《き》いちゃうんだ」

飯島が苦笑している。

「訊いちゃまずかった?」

毎日あくせくしている春菜は、こんなふうに女子社員と会話することがない。得意先から得意先へと飛び回り、稀《まれ》にデスクにいるときは眉間《みけん》に縦皺《たてじわ》を刻んで見積《みつもり》書や企画書を書いている。社内にいても打ち合わせ室とデザイン室、設計室を飛び回る毎日で、ゆっくりコーヒーを飲めるのは柄沢たちが帰った後のオフィスか、徹夜明けのデスクというパターンだ。だから女子トークは新鮮だったし、センシティブな話題を共有させてもらえることは、距離感が縮まったように感じて嬉《うれ》しくもあった。

「前期までで寿《ことぶき》退社する予定だったのよ? これでも、私」

柄沢はあけすけに言って春菜を見た。

「でも、やめちゃった。もっといい人がいるような気がして」

うんうんと、横で飯島が頷いている。

「どういうことですか。もっといい人？」

「うん。あのね」

柄沢は、叔母の紹介で知り合った男性と結婚を前提に交際していたのだという。大好きというわけではなかったが、悪い人ではないと思い、向こうも自分を気に入ってくれたことで縁談話はどんどん進んだ。

「でも、いざ結納《ゆいのう》というときになって、私の仕事の話が出てね」

コーヒーカップを弄《もてあそ》びながら春菜を見る。

「当然仕事は辞めるものと、向こうの親が言ったのね」

「彼が転勤するとかで？」

「そうじゃないのよ。年齢が年齢だから、仕事よりも妊活だという認識ね」

「頭から決めつけられたんだって」

脇から飯島が補足する。

「え、今どきそんな親がいる？　ていうか、彼も同じ考えですか」

「そこなのよ、高沢さん」

柄沢はカップを置いて身を乗り出した。

「ご両親がそう言うのはまあ、許したとして、彼がね。彼は、私の気持ちを訊きもせず、しかも、庇《かば》ってもくれなかったの。産むのはいいのよ。でもね、そうじゃないでしょ？」

「仰《おっしゃ》るとおり」

春菜も身を乗り出した。思わずデスクを立って受付へ行く。

「結婚はフィフティフィフティです。子供産んで育てるのだって、共同作業じゃないですか。今どき専業主婦なんていないですよ？　それに、柄沢さんのいない受付なんて」

「それはまあ、置いといて」

と、柄沢は笑う。

「引っかかったのは彼の態度よ。ここから先、この人と一緒にやっていけるのかなって、急に不安になったというか……正直ね、私自身も早めに赤ちゃんが欲しいと思ってはいたの。でもね、その後のことを考えたとき、彼は生涯、私ではなくご両親寄りの立場にいるんだろうなっていうのが見えちゃって。そうしたら、やっぱり違うんじゃないかって、だから」

やめちゃった。と、サバサバとした調子で柄沢は言った。

「あーあ……恋愛小説みたいな恋をしたいなぁ」

乙女のように飯島が言う。

「ムリよ。こっちは現実だもん」

「ですよねぇ。出会った瞬間恋に落ちるとか、生涯同じ人を愛し続けるとか。ああいうのって、実際と違うからこそ商業的価値が生まれるんですものね」

飯島の話はもっともだけど、そもそも恋愛に夢を抱けないということが、縁遠くなる理由のひとつではないだろうか。

「でも、本気で探せばいるかもしれないじゃないですか。小指と小指が赤い糸でつながれた運命の人が、どこかに」

冗談めかしてそう言うと、

「いないいない」

と、飯島は手を振った。

「高沢さんこそ、どうなのよ。美人だもの、ボーイフレンド多いんでしょ。それとも、もう決まった人がいるんじゃないの？」

言われて脳裏に浮かんだのは、粋《いき》で鯔背《いなせ》でぶっきらぼうな仙龍《せんりゅう》だ。

「あ、その顔は。いるみたいですよ？　柄沢さん」

飯島と柄沢は並んで春菜を見返してきた。いるなら白状しろという顔だ。

「いない、いない、いませんて」

正直に答えると、「またまた」と飯島が攻めてくる。

「本当ですってば。それに私、そんなに恋愛経験ないですから」

「嘘《うそ》つきねえ」

「いえ、ほんとうに……そもそも男が寄ってこないし」

春菜は素直に白状した。営業職なのだから、当然ファッションには気を遣う。それは見た目に拘《こだわ》るというよりも、初対面のクライアントを不安にさせないためなのだ。

自分と井之上がもし、デザインコンペで闘うとして、若い女が持ち込むプランは、なぜか頼りないと受け取られてしまう。だから春菜は見た目で相手を黙らせる。歯切れのいい言葉遣いも、多少強引な話の持っていき方も、仕事を効率よく進めるための作戦だ。けれど鎧《よろい》を纏《まと》った女はモテない。声をかけてくるのは、恋愛を飛ばして肉体的なアプローチだけを求める勘違い野郎か、セクハラという言葉に頓着《とんちゃく》すらしないエロジジイばかりだ。春菜が恋愛に奥手であることは、実のところ誰も知らない。

「ずーっとですよ？　ナンパされたことも、ラブレターをもらったこともなし」

柄沢と飯島は顔を見合わせた。

「いっそ美人だと敬遠されちゃうってことかしら」

「確かに。声を掛けてもフラれそうとか、相手にしてもらえなそうに見えちゃうのかも」

「高沢さんって、気の強さが顔に出ているもんね。男が苦手とするタイプかも」

「やっぱりそうですか？」

「下手にラブレターとか渡そうものなら、突き返されるか、破られそうだし、告白したら叱《しか》られそう。よほどの自惚《うぬぼ》れタイプでないと声を掛けにくい雰囲気があるのよね」

「そんなことないいんだけどなあ」

春菜はガクリと肩を落とした。

「私、友だちいないんですよ。ぼっちで寂《さび》しがりやなのに」

「またそんな嘘を。寂しくなんかないでしょう?」

「バレたか」

笑いながら首をすくめたとき着信があって、

「はい。アーキテクツの高沢です」

春菜は一気に営業モードに突入した。束の間《つかま》の女子トークは終わり、柄沢たちに頭を下げてデスクへ戻る。飯島がコーヒーカップを片付けてくれて、お茶の時間も終了だ。

電話の主は仙龍だった。いつもどおりのクールな声で、

「頼みがある。少し仕事を手伝ってもらいたいんだが、時間はあるか」と訊いてくる。

ちょうど恋愛話をしていたところだったので、春菜は慌てて受付に背中を向けた。

「仕事って?」

「一緒に現場を見に行ってくれないか。時間がとれるなら迎えに行く」

「現場って、どこの現場?」

「杉ノ原の手前あたりだ。信濃町《しなのまち》の先の」

春菜は立ち上げっぱなしのパソコンを見た。モニターには営業予定が並んでいるが、どこを攻めるのが吉なのか、まだ結論は出ていない。杉ノ原までは片道一時間半というとこ

ろだろうか。午前中なので時間は十分にあるし、見てほしいのがどんな現場か知らないが、建築がらみであれば相応の売り上げにはなるはずだ。

「わかった」

「三十分で迎えに行く」

必要最小限のことだけ言うと、彼は電話を切ってしまった。どうも、ご無沙汰《ぶさた》していますとか、その後調子はいかがですかとか、余計な話は一切しない。

電話の主の仙龍は、長野市の郊外で鐘鋳《かない》建設という建築会社を経営している。本名を守《もり》屋大地《やだいち》というのだが、仙龍という通り名のほうが有名な曳《ひ》き屋師である。

古くは神社仏閣を建てる者らに始まり、宮大工《みやだいく》やとび職などに分派したという大工の世界で、曳家《ひきや》を生業《なりわい》とする鐘鋳建設は、陰《かげ》の流派と呼ばれる隠温羅《おうら》流《りゅう》を継承している。古い建物や土地の因縁を解き明かし、それを祓《はら》って未来へつなぐ流派である。歴史的建造物と関《かか》わりの深い事業部に籍を置く春菜は、旧家の土蔵を曳く仕事で彼と知り合い、その後もチームで仕事をしてきた仲だ。因縁物件に関わる機会が多い隠温羅流では、導師を継承する者は四十二歳の厄年でこの世を去るといわれているのだが、その宿命を持つ仙龍に春菜はぞっこんなのだった。

理由はどうあれ、会えるのは嬉しい。事務所のホワイトボードに『杉ノ原・鐘鋳建設』と書き残し、春菜は駐車場で仙龍を待った。デスクで待ってもいいのだが、クールでイケメンの仙龍を柄沢や飯島に見られるのが厭《いや》だったのだ。

桜の便りが聞こえるとはいえ、信州の春はまだ寒い。花冷えといって、桜の花が咲く頃に寒さが戻ると言われているが、長野市内はそれを地でいく寒さなので、たとえ桜が満開になっても、日中はともかく夜は冷えて大変なのだ。

桜の名所には花見小屋が建ち並び、小屋への行き帰りに花を見て、暖かい花見小屋で宴会をするのがこのあたりの夜桜見物だ。今年の花はまだ蕾《つぼみ》で、例年どおりに下旬頃から咲き始めるのではないかといわれている。

アーキテクツの駐車場は大通りに面した社屋の裏にあり、敷地《しきち》を接するアパートの庭で梅がほんのり香っていた。アパートの住人が飼う黒猫が、二階の窓から春菜を見ている。猫を見上げることしばし、仙龍の車が駐車場へ滑り込んできた。

いつも仙龍にくっついてくるコーイチの姿はなくて、助手席も後部座席も無人である。車が止まるのを待って、春菜は助手席側に移動した。

「突然呼び出して悪かったな」

パワーウインドウを開けて仙龍が言う。

「乗ってくれ」

今日の仙龍は黒のコンプレッションインナーにグレーのパーカーを羽織《はお》っている。助手席のドアを開けて乗り込むと、春菜は後部座席を確認した。

「コーイチは？」

仙龍はウインドウを閉めて車を回した。

「先に現場へ行っている。あいつに連絡をもらって、おまえに電話したというわけだ」

シートベルトを締めながら、春菜は仙龍の横顔を覗き見た。

特別な仕事をするときにしか、この男と会うことはない。初見も因縁物件がらみだったし、そのとき春菜は、建物に染《し》みつく因《いん》と縁の話を初めて聞いた。

上司の井之上も存在を知っていたように、鐘鋳建設は業界で有名な『その筋の』会社である。仙龍の一族が関わってきた因縁物件は数多く、意図せずに先代がしたための因に出会うこともある。隠温羅流は曳いた物件に因と呼ばれる印を残し、因縁がらみの場所であるから気をつけろと後世に伝えるのだ。お札を貼《は》ったり、墨書きをしたり、直接軀体《くたい》に彫刻したりと、因の残し方は様々だが、猛禽《もうきん》類の指に似てその実は龍の爪《つめ》を象《かたど》ったという隠温羅流の因は、強いオーラが漂うものだ。

かといって、仙龍の車に乗っても禍々《まがまが》しい気配は微塵《みじん》もない。本人もまた然《しか》りで、数珠を巻いてもいなければ、腕に入れ墨があるわけでもなく、お守りを下げているわけでもない。頭に作業用の黒タオルを巻いていないときの仙龍は、長めの前髪に、きれいに刈り上げたうなじが凜々《りり》しい。端整な横顔は一見してモデルのようだが、広い背中や逞《たくま》しい腕は職人のそれで、毎度のことながら、助手席と運転席のわずかな隙間に仙龍の色気が漂うようで、春菜は少しだけ緊張する。

「どんな現場へ行ってるの？　また因縁物件を曳家するとか？」

座席の角度を調整しつつ仙龍に訊くと、左右を確認しながら仙龍は答えた。

「そうじゃない。配管屋からのＳＯＳでコーイチを行かせただけの、普通の家だ」

「普通の家って……普通だけど歴史的な家？」

普通の家のどこにアーキテクツが絡む仕事があるというのか。この忙しい決算期に。春菜は思わず仙龍のほうへ体を向けた。

「相変わらずだな」

仙龍が苦笑する。

「俺が仕事がらみと言ったか？」

「言ったじゃない。仕事を手伝ってほしいって……え？」

「俺の仕事を、少し手伝ってほしいと言ったんだ。頼みがあると下手に出たろう？」

確かに仙龍はそう言った。

仕事を手伝ってほしいから、一緒に現場を見に行ってくれと。

「じゃ、私はなんで呼ばれたわけ？　普通の家、ただの家に」

「おまえじゃなきゃわからないことがあるからだ」

「決算期なのよ？　売り上げが足りなくて困っているのに」

「頭の中は売り上げばかりか」

「普通はそうでしょ。営業なのよ」

仙龍はチラリと春菜を見た。

「そうか。すまなかった。会社へ戻ろう」

そうあっさり言われると、春菜は自分が悪いような気持ちになった。

「……別にいいわよ。もう出てきちゃったし、今日は特別予定もないし」

「いいのか？」

訊きながら仙龍は笑う。忌々《いまいま》しいほど爽《さわ》やかに。そして、

「本当に仕事が好きなんだな」

と言った。

「好きとか嫌いとかじゃなく、仕事だから」

「でも、好きなんだろう？」

春菜はシートに体を沈めて、この仕事が好きなのだろうかと考えた。

「まあ、好きなのよね。何かを一から立ち上げて、完成形が目に見える仕事って、途中はいろいろあったとしても達成感が得られて、そういうところはとても好き」

市街地を抜けて、仙龍の車は郊外へ向かう。高い建物がほとんどないので、薄水色に霞《かす》んだ空が新芽を吹き始めたリンゴ畑の上に広がっている。

「仙龍はどうなの？　今の仕事が好き？」

「誇りに思っている。好きかと問われれば好きなのかもしれないが、実際は恐怖を覚えることのほうが多いな」

それは意外な答えであった。禍々しい因縁物件にも果敢に立ち向かっていく仙龍を見ていると、とても恐怖を感じているようには思えない。

「すごく意外……仙龍でも、怖いこととかあるの？」

思ったままに訊ねると、仙龍は一瞬まともに春菜を見た。

「俺だって人間だぞ？　当たり前だろう」

そうなんだ……春菜は改めて驚いた。

仙龍は小さく笑う。

「そんな顔をするな」

前方へ続く国道と、その両脇に広がるリンゴ畑に目をやって、仙龍はまた言った。

「俺が家業を継ぐと決めたのは、親父《おやじ》が死んだ後だった。今にして思えば、もっと早く心を決めて、親父を安心させてやればよかったんだが……」

それもまた意外な告白ではあった。

「最初から継ぐつもりだったとばかり……」

「いいや。まったく興味がなかった」

仙龍がウインドウを開けて風を通すと、陽に照らされた土の匂いが流れ込んできた。片手をハンドル、片腕を窓枠に掛けながら、仙龍は少しだけ首を傾げる。

「ああいう環境で育ってしまうと、反感というか、反発というか……親父や、棟梁《とうりょう》や、いい歳《とし》をした大人たちが、ありもしないオカルト話に振り回されているように思えて、むしろ逆のほうへ、逆のほうへと、自分の意識を持っていこうとしていた。若かったと言えばそれまでなんだが」

隠温羅流導師は四十二歳の厄年でこの世を去る。

その話を聞いたのは誰からだったか、春菜はもう覚えていない。何より仙龍自身の口からそれを聞かされたわけでもない。仙龍を間近にしてすらも、話を本気にしていない自分が半分、恐れている自分が半分で、ハッキリしない。運命は自分で切りひらくものだと、春菜は信じて闘ってきたし、そうでなければ男性主導の業界で営業職なんかやっていられない。過ぎゆくリンゴ畑を眺《なが》めながら、春菜は初めて訊いてみた。

「本当なの？　その……鐘鋳建設の社長は四十二歳の厄年までの寿命だという噂《うわさ》」

「本当だ」

仙龍はあっさり答えた。

こんなにあっさり答えるなんて、春菜は思いもしなかった。そして実際に仙龍の口から聞かされてみると、想《おも》いはさらに断裂した。寿命の話が本当だったというショックと、仙龍ともあろう者が迷信を信じてどうするのかという怒りとで。

「過去帳を見ると、きれいに享年四十二歳。親父も四十二で死んでいる」

　春菜は思わず仙龍を見た。自分がどういう顔をしているかはわからなかったが、きっと間の抜けた表情だろう。仙龍のほうは普段どおりに落ち着いている。

「高校生の頃だった。夏休みに帰省して、仙間に布団を敷いて寝ていたんだが……」

　信号が赤になって車は止まり、数台をやり過ごしてから、仙龍はまた発進させた。

「真夜中に風を感じて目を開けると、珠青《たまお》が襖《ふすま》を開けて、覗いていたんだ」

　珠青というのは仙龍の姉だ。物凄《ものすご》い美人で、サニワと呼ばれる特別な力を持っている。

仙龍は続けた。

「何をしているんだと訊ねたら、お父さんはどこ？　と、そう言った」

　彼は一瞬春菜を見て、先を続けた。珠青の話だ。

その晩、彼女は枕元《まくらもと》に誰かが座る気配を感じて目を開けた。すると白装束の父が枕辺《まくらべ》に座して、じっと自分を見下ろしている。ギョッとして起き上がり、お父さんどうしたのと声を掛けるや、父はすーっと部屋を出ていってしまった。

　お父さん、そう呼びかけても答えない。珠青は布団を抜け出して、仙間へ入っていく父親を追った。仙間に来ると、襖に指二本ほどの隙間が空いていて、中で仙龍が眠っていたという。

「それで？　お父さんは？」

「もちろんいない」

　と、仙龍は言った。

「仏間には俺一人。珠青のほかに人が来た気配もなかった。だが、珠青は見たと言って譲らない。それで、二人で両親の寝室へ確認に行ったんだ」

　仙龍の家がどんな造りか知らないが、春菜は、薄暗い廊下を歩く若い珠青と仙龍の姿を思い浮かべた。廊下の片側に雪見障子《しょうじ》が連なって、もう片側には夏草の揺れる庭があり、青白く月の光が射している。コオロギの鳴く声すらも聞こえる気がした。

「それで……？」

「両親はいた。枕を並べて寝入っていた。何事もなく」

　仙龍は一瞬だけ白い歯を見せた。

「珠青は納得しなかった。あれもサニワを持っているからな、誰かと同じで気が強い。怪異に遭遇しても、頭からそれを信じようとはしないし、逆に、まったく無関心でもない。棟梁が言うには、サニワってぇのはそうでなくっちゃいけねぇと。で、俺に文句を言われて腹に据えかねたのか、朝食の席で珠青は言った。『ゆうべ白装束のお父さんが仏間に入っていくのを見たけれど、心配して部屋へ行ったら、普通に寝ていた』と」

　仙龍の父、昇 龍《しょうりゅう》のその後を知っているからこそ、春菜は思わず眉をひそめた。

「その朝のことは、今もはっきり覚えている。珠青の話を聞き流すふうに、親父は新聞を読んでいた。母は茶碗《ちゃわん》と箸《はし》を持ち、白飯をゆっくり口へ運んだ。婆《ばあ》さんは味噌汁《みそしる》をよそおうとしていたが、手を止めて深いため息をついた。俺たちは、てっきり一笑に付されると思っていたんだが……」

そうじゃなかった、と仙龍は言う。悲しそうな声だった。

「婆さんが正座して、俺と珠青に向き直り、そして初めて話してくれた。隠温羅流導師を継ぐ者は、四十二の厄年に他界する。他界する前夜に魂が抜け出して、仏間に挨拶《あいさつ》に行くのが常だと」

「……そんなこと」

「爺《じい》さんのときもそうだったという。真っ白な着物を着た爺さんが廊下をゆくのを見て声を掛けたが、聞こえぬようでそのまま仏間に入っていく。追いかけて仏間を覗いてみると、そこには誰もいなかった。よく覚えておけ、それが隠温羅流導師の宿命なのだと。親父は何事もなかったように、普通に仕事に出掛けていって、その日の夕方、現場で倒れて亡くなった。死因は急性心不全。眠るような顔をしていたよ」

昇龍と呼ばれた仙龍の父は、春菜の上司と知り合いだった。春菜に仙龍を紹介したのも上司の井之上で……そうだった、寿命が短いという話を、最初は井之上から聞かされたのだ。その後に、雷助《らいすけ》和尚から詳しく聞いた。春菜はようやく思い出した。

「ずっと心不全？　同じ歳に？」

「調べたら様々だった。事故に遭った者、病気や、戦争で死んだ者もいるようだが、線を引いたように享年四十二歳。つまりはそういうことなんだ」

　春菜は思わずシートを起こしてしまった。

「だって隠温羅流は因縁切りのプロじゃない。なら、どうして自分たちの因縁を切らないの？　雷助和尚にお祓いしてもらうとか、棟梁に印を結んでもらうとか」

「神でも仏でもなく、人間の分際で因と縁とに関わる以上は、それが人の命の限界ということなのだと、俺はそう解釈している」

「仙龍はそれでいいの？　平気なの？」

　春菜が訊くと、仙龍は器用に片方の眉を上げた。

「どうしておまえがムキになる。普通に暮らしていても突然死ぬことはあるだろう？　逆に四十二まで寿命があると思えば、そう悪い話でもないさ」

　車はいつしか信濃町を過ぎ、山の中へ入っていく。狭い裏道ばかりを行くので、今どのあたりを走っているのか、春菜にはまったくわからない。

　日陰《ひかげ》にはまだ根雪が残る山間部の農村地帯では、太陽に照らされた畑の土から白く湯気が立ち上っている。畑の奥は雑木の森で、押し固められて凍《こお》った雪が層になっているのがわかる。丸裸の木々に新芽が萌《も》えて、飛ぶ鳥の姿が透けている。

それらの景色を眺めつつ、春菜は自分の内面を見ていた。そこにあるのは仙龍への想いだ。隠温羅流導師であることを丸ごと受け入れている仙龍への想い。

本当は言ってしまいたかった。仙龍が好きだから、早すぎる寿命を受け入れてほしくはないのだと。それでも春菜は気が強く、告白してフラれる自分が許せなかった。仙龍が自分をどう思っているかすらわからないのに、宿命に踏み込んでいく自分がイタい。独《ひと》りで空回りするのが怖い。結局私は、自分のことばっかりだ。臆病《おくびょう》な意地っ張り。大バカな春菜。自分の欠点を認めることは、胸を抉られるほど恥ずかしくて、辛《つら》い。

道路脇には水仙が咲き、時折梅の香りがする。風は柔らかく、空はおぼろだ。眠ってしまいたくなるほど長閑《のどか》な風景を眺めつつ、春菜はふて腐れたように押し黙っていた。

仙龍のほうは相変わらずで、それを気にする素振りもない。

やがて車はひとつの集落へ入っていった。山裾と川の間に水田があり、大きくて立派な家が建ち並ぶ地域だ。豪雪地帯だからなのか、家々は屋根高で柱が太く、庭が広い。行く先には、鐘鋳建設の軽トラックと、業者のものらしきバンが二台駐《と》まっていた。

「今まで誰もやらなかったの？」

他者の姿を認めたとたん、我慢できずに訊ねてしまった。

「誰も？　何をだ」

「だから導師の因縁切りよ。試した人はいたんでしょう？」

庭でコーイチが手を振っている。仙龍は軽トラックの脇に車を停めた。

「どうかな。聞いたことがない」

それはつまり、仙龍を喪《うしな》って悲しむ『私』の気持ちすら、考えてはくれないということか。

「信じられない。だって、自分の命じゃない……」

「春菜さーん。お久しぶりっすねえ」

車が停まるなり、コーイチが助手席のドアを開けたので、話はそこで終わってしまった。仙龍はさっさと車を降りて、業者らしき男二人のほうへ歩いていく。春菜が独りで残されると、猿顔のコーイチはいつもどおりにニコリと笑った。

「やー。相変わらず美人さんっすね」

鐘鋳建設の見習い職人コーイチは、『法被前《はっぴまえ》』から『綱取り』に昇格したところである。隠温羅流では研鑽《けんさん》五年で純白の法被を賜るといい、ただの見習いを法被前、曳家の折に綱を引けるようになると綱取りと呼ばれ、因の入ったサラシをもらう。コーイチはこのサラシを宝物のように大切にしているのだ。

「私、なんでここへ呼ばれたの?」

春菜は目の前にある家を見上げた。前庭に植わった松といい、庭石の見事さといい、確かに豪華な家ではあるが、まだ新しい。隠温羅流が関わるほど古い建物ではないし、古民家を移築したようにも見えない。ごく普通の、お金持ちが住みそうな和風の家だ。

「俺が手に負えませんって電話したから、社長が春菜さんを呼んだんっすよ」

コーイチは、業者と話している仙龍のほうへ歩き始めた。

「何が手に負えないの？　まさか、出るとか」

「や。そうじゃないっす。排水管の詰まりというか」

「排水管の詰まりぃ？」

春菜はあからさまにムッとした。

繁忙期なのに、私に排水管の詰まりをなんとかしろっていうの？

思わずそう叫びそうになったが、見知らぬ業者の手前、堪《こら》えることにした。さすがに鐘鋳建設の社長に恥をかかせてはマズい。

近づいていくと二人の業者も春菜に気づいて頭を下げた。

「お疲れ様です。遠いところまですみません」

「いえ、別に」

とりあえず会釈を返したものの、まったくもって意味不明である。

「うちと取引がある設計士と、配管業者だ」

白い作業用シャツにデニムパンツの男と、Tシャツに作業用ベストを着た男を指して仙龍が言う。春菜が知る設計士はバイカラーのシャツに原色のネクタイや、逆に黒のタートルネックにデニムパンツというような、いかにも設計士でございという外見の者が多いのに、紹介された設計士は業者と見紛《みまが》うばかりのスタイルだ。ポケットから名刺を出してくれたので、春菜も自分の名刺を渡した。

「マイホームクラブの古野《ふるの》と言います」

「アーキテクツの高沢です。春菜と書いてハナと読みます」

配管業者は名刺を持っていないと言い、

「辰野《たつの》です」

とだけ名乗った。

「フルタツコンビって呼んでるんっすよ。細かい仕事も厭な顔ひとつしないで迅速に対応してくれる、ありがたーい業者さんなんっす」

「アーキテクツさんといえば大手ですよね。長坂先生のところとも、よくお仕事をされているそうですね」

古野は感心したようにそう言った。

長坂先生というのは長坂建築設計事務所の長坂金満《かねみつ》所長のことだ。学校、病院、博物館など、主に公共施設を手掛ける事務所で、大きな物件を持ってはいるが、金に汚く仕事は粗《あら》い。ろくに指示も出さず丸投げで、責任は下請け業者に押しつけるので、春菜は彼をパグ男と呼んで軽蔑《けいべつ》している。

「長坂先生のことは存じていますが、よく仕事をしているわけではありません。ごくたまに、のっぴきならない事情でお仕事に関わることはありますが」

本当のことなのでハッキリ言うと、古野は笑った。

さすがにそれ以上の突っ込んだことは訊いてこない。古野は大手住宅メーカーに勤務していたのだが、二年ほど前に独立して、今は一般住宅のリフォームや設計を手掛けているのだと話す。

「それで、早々ですが、こちらのお宅で」

古野は立派な構えの和風住宅へ春菜の視線を誘った。

「こちらは築十五年ほどなんですが、頻繁に排水管が詰まるというお話で」

その先を辰野という業者が引き継いだ。

「最初は奥さんから電話をもらって、排水管の詰まりを確認していたんですけど、一度よくなってもまた詰まるということで、水勾配《こうばい》がよくないんじゃないかと言われてですね」

「設計したぼくが呼ばれたわけでして」

春菜にはわけがわからなかった。それが自分と、どんな関係があるのだろう。

「……はあ」

曖昧《あいまい》に頷くと、古野はコーイチに説明させた。

「しょっちゅうしょっちゅう詰まっちゃうんすよ。で、フルタツコンビがワイヤーを通すと、ヘドロと一緒に髪の毛が出てくるんす」

「詰まるのはお風呂《ふろ》の排水管ですか。それとも洗面所？」

「それが、キッチンなんです」

「キッチンで髪を洗ってるってこと？」

「ところが、そういう事実はないそうでした」

古野は辰野に目をやった。どちらも困ったような顔をしている。

「奥さんが気味悪がって旦那《だんな》さんに話したそうで。そうしたら、旦那さんがうちへ電話を寄こしてですね」

辰野もまたコーイチを見た。

「奥さんのいないときに工事に来てくれって言ったらしいんす。そんで、こないだフルタツコンビがここへ来て、旦那さんに許可を得て、シンクの下の排水管を一部外してみたらっすね」

コーイチは辰野の顔を見て、

「あれ、春菜さんに見せてあげられますか」

と訊く。辰野はスマホを取り出した。アプリを呼び出し、そのとき撮った写真を探す。

「これです」

差し出されたスマホを覗き込み、春菜は思わず「えっ」と呻《うめ》いた。

シンク下の鍋《なべ》や調味料を外に出し、床に敷いたビニールの上で外されたパイプには、真っ黒に髪の毛が詰まっていたのだ。水と脂を吸って汚らしくかたまり、ぞろりとパイプからはみ出している。絡まった髪の毛は水死人のそれさながらの薄気味悪さだ。

「でしょ？」

と、コーイチが訊いてくる。

「さすがにこれを見たときは、ゾッとして逃げたくなりました」

と、辰野が言う。

「それで鐘鋳建設さんに連絡したというわけです」

パイプに詰まった髪の毛は、黒々としてかなりの長さだ。辰野がメジャーで測ったところ四十センチ以上もあったという。よしんば洗髪で抜けたものだとしても、何年流し続けたら、この量になるというのだろうか。

「奥さんは、日本髪とか結っている人なんですか？」

春菜が訊くと、辰野は顔の前で手を振った。

「まさか。旦那さんも奥さんも白髪だし、そもそもキッチンで髪の毛なんか洗わないし、洗ったとしても、こんな詰まり方をするはずがないんです。尋常じゃない量ですし」

「一番は、これを見たときの旦那さんの様子です。何かあるなとピンと来ました」

「どういうことなの」

春菜は仙龍を見上げて訊いた。

「とりあえずコーイチを寄こしたものの、コーイチはこの写真を見せられて、俺に電話してきたってわけだ。自分の手には負えないと」

「それでどうして私なの」

「原因があるはずなんだ。家に入って、感じたことを教えてほしい」

「感じたことって……」

「なんでもいい。感じたことだ」

仙龍が視線を移したので、春菜もまたそちらを見た。

その家の玄関は立派な前庭の奥にあり、そこに七十がらみの男性が立っていた。恰幅《かっぷく》がよく、四角い顔に派手なデザインのメガネを掛け、年齢のわりには肌が精力的に脂ぎって、企業の重役によくいるタイプだと春菜は思った。目が合ったので頭を下げると、男性も軽く会釈した。

「ここの旦那さんっすよ。奥さんは婦人会の旅行で伊勢《いせ》に行ってるそうなんで」

つまり自分はサニワとしてここへ呼ばれたということか。

春菜は大きなため息をついた。またひとつ、幸せを逃がしてしまったかもしれない。

庭先には満作《マンサク》の黄色い花が咲き、庭石の隙間に福寿草が顔を出す。手入れの行き届いた前庭は、落ち着いて如才のない家人の人柄《ひとがら》を感じさせる。春菜は仙龍や業者に連れられて、見知らぬ家の敷地へ入った。

仙龍たちは、春菜をサニワ、もしくはサニワを持っていると呼ぶのだが、春菜本人はそれがどういう意味なのか、いまだによくわからずにいる。自分は珠青のように妖艶《ようえん》かつ神秘的な美女でもないし、むしろ、がさつで気の強い女などと言われている。悔《くや》しいながらもそのとおりだと自分でも思う。そんな自分に何ができるのか、よくわからないまま先へ進むと、家の主人は広い玄関のガラリ戸を開けて春菜らを迎えた。

「どうぞ。お手間をとらせて恐縮です」

土間は黒い御影石《みかげいし》張りで、上《あ》がり框《がまち》は檜《ひのき》であった。正面に古木を磨《みが》いた衝立《ついたて》が置かれ、奥の坪庭から洩《も》れる明かりが影を落としている。豪華な設《しつら》えに感嘆していると、衝立の奥にすーっと若い女が立った。

「うちの社長を連れてきました。こちらは春菜さん。ちょっと中を見せてください」

コーイチが春菜を紹介すると、

「これは、おきれいな方ですな」

メガネの奥で目を細めながら主人は言った。後でお茶でもどうですと誘うような、いやらしさを含んだ口調でもあり、刹那、なぜだか春菜はゾクリとした。

蜘蛛《くも》の糸が二の腕あたりをかすめた気がして、両腕にザワリと鳥肌が立つ。長袖《ながそで》のブラウスを着ているので、蜘蛛の糸が触れるはずもない。薄暗い廊下に目をやると、女はその場に立ったまま、射るような目でこちらを見ている。春菜は女に頭を下げた。

「誰に頭を下げている？」

仙龍が訊いたので、

「お嬢さんよ」

と答えると、コーイチと業者は顔を見合わせた。

「ここに住んでいるのはご夫婦だけっすよ？　で、奥さんは旅行中。そっすよね」

「そうですが」

主人までが怪訝そうに眉をひそめるので、春菜のほうが驚いてしまった。

「え。じゃ、あの人は？」

そう言って廊下を見ると、誰もいない。

広くて奥行きのある廊下に坪庭の複雑な光が入って、人のように見えたのだろうか。

「ごめんなさい。気のせいだったかも」

主人は先に框に上がり、人数分のスリッパを並べた。

どことなく空気の淀《よど》んだ家だった。

建具の香りに混じって甘ったるい香水の匂いがする。ニナ・リッチだ、と春菜は思った。奥さんがニナ・リッチを愛用しているのだろうか。それにしてはきつすぎる。せっかく高価な香水なのに、髪の脂が混じって不快な匂いになっている。こんな匂いをさせるくらいなら、つけないほうがずっといいのに。

スリッパを履いたまま、廊下を動き出さない春菜を見て、ご主人が誘う。

「台所はこっちです」

衝立の奥も長い廊下で、手入れのゆき届いた坪庭があり、嵌《は》め殺しの雪見窓から石灯籠《いしどうろう》と黒竹が見える。地面に白い玉砂利《たまじゃり》を敷いて、なかなかに凝った造りの家だ。でも……。

なぜか二階が気になるのだった。

台所ではなく、階段の上だ。そこから風が落ちてくる。感覚としては黒い風だ。水が滴るように階段を落ちて、廊下を流れ、主人が台所と言った場所へ入っていく。

「何か気になるか？」

業者とコーイチはすでに台所へ入っていたが、仙龍は春菜の横に立って訊いてきた。

「気になるというか……寒くない？　階段の上から、なんか、冷たい風が」

「ご主人」

仙龍は台所を覗き込んで主人を呼ぶと、階段を指してこう訊いた。

「この上には何がありますか」

見上げても、踊り場と壁が見えるばかりだ。何の変哲もない木の階段で、踊り場の壁には奥さんの手作りらしきパッチワークのタペストリーが飾られている。

「今は使っていませんが、子供部屋と書斎と納戸があります」

「拝見しても？」

「いいですよ」

と、主人は言う。排水管の詰まりがなぜ二階に関係あるのかと訊きもしない。まるで排水管が詰まる原因がキッチン以外にあるとわかっているかのようだ。些少《さしょう》の違和感を覚えながらも、春菜は主人に誘われて階段を上った。厭な感じがした。

パッチワークのタペストリーは、とてもカラフルな色合いなのに、布がベタついているように見える。一段上るごとに空気が重くなってゆき、踊り場で春菜は足を止めた。

香水の匂いがきつい。四六時中こんな匂いを嗅《か》がされていたら、鼻がバカになってしまうだろう。見上げた先は廊下だが、そこに空気が蟠《わだかま》っている。まるでウンカの群れのように、黒い粒子が床から舞い立つ。

「どうした？」

主人はすでに廊下に上がり、仙龍と春菜を見下ろしている。コーイチと業者は階段の下から見上げていたが、仙龍に訊かれると、春菜は正直にこう答えた。

「厭な感じがする。そこの」

自分の指が、知りもしない家の一角を指す。

「奥の納戸の天井あたり」

主人は驚き顔で振り向いた。なぜ、奥に納戸があることを知っているのかという顔だ。

その理由は、もちろん春菜にもわからない。自然に確信しただけのことである。

仙龍は階段を上りきり、廊下に立ちすくむ主人を差し置いて奥へ行く。春菜も階段を上りきったが、思ったとおり、廊下の奥には納戸があった。

「開けてもいいですか?」

仙龍が訊くと、主人が自ら納戸の扉を開いた。

薄闇《うすやみ》とともに生臭い血の臭《にお》いがほとばしり、次の瞬間、春菜は巨大な女の顔が納戸から湧《わ》き出て自分に襲い掛かってくるのを感じて腰を抜かした。

「きゃっ」

「なにをやっている。大丈夫か」

仙龍が訊く。

無様《ぶざま》に尻餅《しりもち》をついたのが自分だけだということは、仙龍にも、この家の主人にも、あれが見えなかったということだ。もしかしたら臭いすら、自分以外は気づいていないのかもしれない。春菜は無言で立ち上がり、仙龍より先に納戸へ踏み込んだ。

やはり、臭い。

そこは四畳半程度の部屋だった。壁は茶色い漆喰塗りで、高い位置に換気窓があり、一面が収納、一面が壁で、もう一面は襖で隣室とつながっていた。

「襖の奥が書斎ですね？」

「そうです。八畳の和室になっておるんですが」

訊くと主人は頷いた。

「その和室には、天袋が？」

「ええ。あります」

春菜は仙龍を振り向いた。

「そこの角が、物凄く厭なの。和室じゃなくてこの部屋の角よ。天袋があるなら小屋裏かもしれないわ」

「社長ー、大丈夫っすかー？」

下でコーイチが呼んでいる。仙龍は襖を開けて和室に入ると、押し入れの仕切り板に足を掛けて軽々と中段に立ち、天袋の中を覗き込んだ。

「そこは空だと思いますがねえ」

主人はそう言ったが、仙龍はポケットからペンライトを出して口に銜《くわ》えると、天袋に頭を突っ込んだ。ガタンと音を立てて天板を外し、中に手を入れて探ることしばし、やがて、細長い桐《きり》の箱をひとつ持って下りてきた。

何の変哲もない桐の箱だが、真っ赤な紐《ひも》でぐるぐる巻きに結わえてある。

「この箱は何ですか？」

「さあ……いえ、見たこともありませんが」

主人は答えながらも身をひいた。幅二寸、長さ一尺ほどの薄っぺらい木の箱だ。蓋《ふた》にも本体にもなにひとつ書かれていないが、見たとたん春菜は全身に鳥肌が立った。間違いなく箱は瘴気《しょうき》を発している。禍々しくもどす黒い、異様な霊気だ。

窓の外を影がかすめて、烏《からす》の鳴く声がした。

主人は怖いものでも見るように胸の前で両手を握りしめている。やはり怪異の原因に心当たりがあるのだと春菜は思い、無言で仙龍に目配せをした。

「ひとまず外へ出しましょう」

仙龍は箱を持って書斎を出ると、先に廊下を戻っていく。

心配して階段を上ってきたコーイチも、仙龍が手にした箱を見るなり踵《きびす》を返し、設計士と業者を外へ出した。一同は仙龍を追って玄関から庭へ出て、主屋の裏へ回り込み、坪庭の手前で足を止めた。建物の陰になっていて、台所の排水口やボイラーなどがある場所だ。巡らせた塀《へい》のおかげで隣家からは死角になっている。

仙龍は桐の箱を地面に置くと、全員が見守るなかで紐を解き、蓋を開けた。

長い黒髪がひとつかみ、中央を紙で巻かれ、赤い糸で縛ったものが入っていた。

「これは誰の髪ですか？」

箱の前にひざまずいて仙龍が問うと、主人はもはや訊かれるままに、

「……律子《りつこ》だ……」

と、女の名を言った。

「ご主人の浮気相手ですね」

春菜が訊ねるとコクンと頷く。フルタツコンビは互いに顔を見合わせた。なぜそんなことがわかるのだろうという顔をしているが、春菜はかまわず主人を責め立てた。この人は最初から心当たりがあったのだ。だからこそ奥さんの留守中に、配管を調べてほしいと頼んだのだ。女の怨《うら》みが排水管を詰まらせていることに、勘付いていたのに違いない。

「二人で書斎を使っていましたか？　奥さんが留守の間に」

桐の箱に入れられて、赤い紐で括《くく》られた黒髪を見るにつけ、むしろ律子という女性の想いがやるせない。蒼白《そうはく》になった主人はまた頷いた。

「その人は今どこに？」

「本社から支社へ転勤させて……結婚するよう適当な相手を紹介しました。結婚式には……私らが、仲人を……」

仲人を？

春菜は言葉を失った。

この男は、捨てた女の仲人を、奥さんと務めたというのだろうか。

「今は金沢《かなざわ》で、仲良くやっておるはずですが」

「は？　仲良く？　どの口が言っているんですか」

思わず語尾が荒くなる。

「信じられない。ていうか、あきれてものが言えないわ。彼女が素直に結婚したとして、それはご主人への当てつけに決まっているじゃないですか。彼女の気持ちがわからなかったとは言わせませんよ。この髪の毛を見てください。毛根がついてる。これ、切った髪じゃないですよ？　抜いたんです。地肌から抜いた髪の毛が、こんなに……」

春菜は玄関の暗がりにいた女の姿を思い出していた。

「律子さんは二十六歳。細面で髪の長い、日本的な顔の薄幸そうな美人でしょ？　さっき廊下にいたのが彼女ね。その人に、ニナ・リッチの香水をプレゼントしたでしょう。料理も作ってもらったでしょう、この家で。それで、奥さんの料理よりずっと美味しいって褒めましたよね？　褒めて、それで……それなのに、奥さんにバレそうになったら捨てたんですか？　ほかの男に押しつけて」

「どうなんです」

仙龍が訊く。責めるような口調ではなく、淡々として静かな声で。

「そのとおり……そのとおりです」

主人は背中を丸めてそう言った。反省しているふうではない。後悔している様子もない。ただ驚きと恐怖に駆られて、毛根がついた黒髪を戦慄《せんりつ》しながら見つめている。

仙龍は立ち上がり、

「ではご主人。塩と水と日本酒を持ってきてください」

と、彼に言った。

「排水管の詰まりはこのせいです。その女性は、おそらくあなた方の留守中に、これを隠しに来たのでしょう。その怨みが台所を詰まらせた。奥さんに訴えかけるためにです。台所で怪異があれば、ご主人より先に奥さんが気づくから」

「恐ろしい女だ。あんなおとなしい顔をして」

ショックで顔面蒼白になっている。奥さんがいないときに修理に来てくれと配管業者に頼んだことからも、彼は障《さわ》りの原因が己にあると勘付いていたのだ。

浮気相手を嫁に出し、その仲人まで務めたなんて、厚顔無恥さに春菜は激しい憤りを感じた。もっと何か言ってやろうかと思ったが、仙龍に一瞥《いちべつ》されたので我慢した。

「ご主人、せめてよく見てやることだ。厭だとも、辛いとも、悲しいとも言えなかった律子さんの、本当の想いがこれですよ。あなたはそれを受け止めなきゃならない」

家の主人は後ずさり、逃げるようにして、仙龍に言われたものを取りに行った。

「なんなのよ、あれは。えっ？」

「まあ、そう怒るな」

と仙龍が言う。

「さすがにこれで懲《こ》りただろう」

「懲りればいいってもんじゃないわよ。彼女の気持ちはどうなるの？　恐ろしい女？　おとなしい顔？　はあっ？　まったく腹が立つったら」

春菜の剣幕に恐れをなして、設計士と配管業者が二人の会話に割って入った。

「どうしてキッチンじゃなく、二階だってわかったんですか？」

「わからないわよそんなこと。二階が厭だなって思っただけで」

腹立ち紛《まぎ》れに、つい乱暴な言葉遣いになる。春菜はぷりぷりと怒りながら、痛々しくむしり取られた髪を見下ろした。夥《おびただ》しい黒髪には女の情念がこもっている。重役然とした顔の主人が妻や愛人を裏切っていたこともショックだったし、その身勝手さにはビックリだ。仙龍が言うように、彼女の想いは肉体を離れて黒髪に宿り、今も生々しく血を流し続けていたのだろう。納戸には腐った血液の臭いが蔓延《まんえん》していた。

「でも、高沢さんは、年齢とか容姿とか、香水や料理のことまで当てたじゃないですか」

「あんなの口から出任せよ」

しれしれと春菜は言う。

「ご主人が玄関を開けたとき、廊下の影が若い女性に見えたから、あてずっぽうを言ったまでだわ。香水は匂いがしていたし、奥さんの残り香かもしれないけれど、頭に来たからハッキリ言ったの。それに、料理は」

春菜は首を傾けた。

「どうして料理したなんて思ったのかしら」

仙龍が苦笑する。

そこへ主人が戻ってきて、お盆に載せた水と酒と塩を差し出した。春菜に強く責められて、すっかり小さくなっている。

人目に触れない裏庭の一角に、仙龍は主人と設計士と配管業者を立たせた。自分も一員となって四隅《よすみ》を囲むと、地面に白い紙を敷き、桐の箱に入った髪をその上に置く。紙の四方に盛り塩をして、ぐるりに水で結界を作り、恭しくひざまずいて、火を放った。

春菜とコーイチは、それを脇から見守っていた。仙龍が放った火は先《ま》ず紙を焼き、それから木箱に燃え移った。炎が髪を焼く瞬間、どこからか、劈《つんざ》くような女の叫び声がした。

その声は風に乗り、春菜たちの周囲を廻《まわ》るように細く伸び、耳の奥に貼り付いた。

「うわぁ……」

と業者が二の腕をさする。さっきまで気持ちよく晴れていたのに、空は曇って、冷たい風が吹いてきた。用意周到な主人はちゃっかりと数珠を握っていて、震えながら数珠を回している。髪を焼く臭いがあたりに立ちこめ、桐の箱から真っ黒な煙が上る。その様は、二階の納戸に吹いていた黒い風にそっくりだった。

じっとそれを見守っていると、なぜだかふいに、春菜の目から涙がこぼれた。

愛した誠を裏切られた悲しみや、お下がりを与えるように嫁《とつ》がされ、婚礼の日に仲人として自分の手を引いていた彼の妻の様子までが、次々に脳裏をかすめた。

聞いて……奥さん、私はご主人の女だったんですよ。

花嫁は心の中で妻に言う。

私はご主人に捨てられて、支社へ転勤させられたんです。しかも、あなたにそれを隠すため、あの人は、仲人まで買って出たんです。

律子という女の想いが胃《い》の腑《ふ》を巡り、混乱と自己嫌悪、悔しさと怒りが堰《せき》を切ったように溢《あふ》れ出す。思い知れ。思い知れ。いつか私の髪を見つけて、奥さんの前で戦《おの》けばいい。

私はここを離れない。ずっとこの家に居着いてやる。

それでも呪具《じゅぐ》を燃やされたからには、もはや企《たくら》みは成就できない。女の涙は春菜の目を借りて、あとからあとから溢れ出てゆく。悔しい……悔しい……自分の髪を引き抜いて、それを溜《た》めていた執念よりも、今は無念さが胸を打つ。

風の中、呪具は燻《くすぶ》りながらも燃え続け、やがて真っ黒な灰だけが残った。

仙龍は灰に清酒を振りかけて、残り火に隠温羅流のお札をかざした。

瞬《また》く間《ま》に火が灯《とも》り、清浄な空気を残してお札が消えると、風にいつしか梅の香りが戻っていた。

「それではどうも、お邪魔しました」

しばし後。フルタツコンビが施主に頭を下げるのを遠目に見ながら、春菜はコーイチと仙龍と、車のそばで待機していた。

配管の補修工事は無事済んで、呪具の始末を含めた請求金額を改めて伝え、支払いはこの家の主人から辰野の口座に入金される運びとなった。

すべてが終わり、主人が家の中に消えると、古野と辰野は恐縮しながらやってきて、本当に助かりましたと春菜に頭を下げた。

「私、何もしていません」

春菜はむしろ恥ずかしかった。いい歳をして、髪が燃えるのを見て泣くなんて。

「いやー。でもゾッとしたっすねえ。小屋裏にあんなものがあるなんて、思ってもみませんでしたもん。春菜さんに来てもらってよかったっす、いやマジで」

「俺もね、最初に髪の毛が詰まったのを見たときから、厭な予感がしてたんですよ。でもまさか、こんなこととは思わなくって。奥さんが人毛つかって手芸をしていたのかなとか、あとは、お孫さんの髪を切ったあと、それをシンクに流しちゃったのかなとか」

辰野が言うと、古野も同じように首をすくめた。

「でも、何度やってもまた髪の毛が詰まるんですよ。あれこれやっているうちに、ご主人の態度がおかしくないかって話になって」

「それで俺に電話くれたんすよね」

「ええ。これはもう、鐘鋳建設さんに来てもらうしかないと思って。でもまさか、愛人の呪《のろ》いだったなんて」

「不思議な話よね」

春菜は他人事《ひとごと》のように首を傾《かし》げる。

「生き霊だったんでしょうかねえ。小屋裏から妙なものが出てくるって話はよく聞きますが、まさか自分が遭遇するとは思いませんでしたよ。いや、ありがとうございました。俺たちだけじゃ、排水管ばっかり見ていて、小屋裏なんか気づきもしなかったと思います」

フルタツコンビは再び春菜に頭を下げて、それぞれの車へ戻っていった。

「てか、今回も春菜さんのサニワは最強っしたね？ 律子さんって人のために怒ってくれて、俺、ちょっとスッキリしちゃいましたもん。やー、本当にお疲れ様でした」

コーイチもペコリと春菜に頭を下げて、

「んじゃ、俺も会社へ戻ります」

軽トラを指さした。

「コーイチ、昼飯一緒に喰うか？」

仙龍が引き留めて、春菜を振り返った。

「助けてもらった礼に奢《おご》るが、どうだ」

言われてみればお腹《なか》が空《す》いた。時間を見ると、すでに午後一時を過ぎている。仙龍の車で来たのだし、一人では会社へ帰れない。

「ありがたくごちそうになるわ」

春菜は遠慮なく答えた。

繁忙期じゃなかったのかなどと嫌味を言わないのが仙龍の男前なところである。せっかく仙龍と食事に行くのなら、泣いて崩れた化粧を直したかったが、近くにトイレもないから諦めるほかはない。顔を隠そうと俯《うつむ》き加減に歩き出したとき、仙龍の足下で何かがズルリと動いた気がした。

初めは真っ黒で巨大な蛇だと思った。しかし、改めて目を凝らすと蛇ではない。それは地面すれすれに蟠ってはいるものの、半透明で質量を感じさせない何かであった。土だろうか。いや、そうでもない。ただの影だ。でも動いている。

なんの影だろうと見上げてみたが、頭上には何もない。もう一度地面を見ると、影は土よりも上、仙龍の足首のあたりに絡みついているように思われた。大人の腕ほども太さがあって、仙龍の足を一周して土の上に伸びていく。

「なに……?」

春菜は影の先端を目で追った。真っ黒なものは鎖のように連なりながら、一メートルほどの長さのところでぼんやりと薄くなっている。と、そこにシュルシュルと黒髪が地を這ってきて絡みつき、鎖ひとつ分が伸びてから、あっという間に地面に消えた。

なに？　何を見たの？

春菜は自分に問いかけた。

「どうした」

仙龍が不思議そうな顔をして、早く乗れと親切にも助手席のドアを開けてくれる。

春菜は黙って車に乗ったが、仙龍が運転席に座るとき、もう一度見えるのではないかと黒い鎖を探してしまった。

もちろん黒い鎖は見えず、仙龍はコーイチより先に車を出した。

其の二　小林教授　祟《たた》られる

仙龍が昼食に選んだ店は長野市内にある小料理屋で、現地に着くと、時刻はすでに三時近くになっていた。店には駐車スペースがないからと、仙龍は大通り沿いに車を停めた。店の名前は『花筏《はないかだ》』といい、繁華街からわずか離れた住宅地に建つという。そこは街づくり事業の一環として、アーキテクツが整備した古い小路《こうじ》のうちのひとつであった。

「ここ、カッパ小路よね。古い水路が残されている場所だからって、弊社が保存プランを立てて、一帯を整備したのよね。でも、こんなところに小料理屋さんがあったかしら」

「あるさ」

ぶっきらぼうに答えて、仙龍は先を行く。

その事業にはもちろん春菜も関わったのだが、整備後に訪れるのは初めてだった。長野市内に幾つか残る古い水路を観光資源にできないかと、行政から相談を受けたのは数年前。水路と歩道を整備して、各々の小路に名称を記したサインを設け、開通式までは関わったものの、その後は通る機会もなかった。仙龍が春菜を誘ったカッパ小路も、当時は古臭い感じの住宅街だったが、水路に手が入ってきれいになると住民の意識も変わったようで、それぞれの家が庭を手入れして、今では和風モダンな景観に変化していた。新しい家も何軒か建ったが、いずれも水路と調和したデザインだ。こういうとき、春菜は自分の仕事の重要性を再認識させられる。街というのは生き物だ。どこかに新しい息吹きがあれば、そこから街は再生を始める。建築設計に関わる者の冥利《みょうり》はここにある。

仙龍は、新しく建てられた民家のひとつへ入っていった。一見普通の平屋だが、アプローチのデザインが一般住宅とは違っている。手入れの行き届いた植栽の随所に照明器具が点在し、室外機など生活感がにじみ出そうな設備は竹製のカバーで隠されている。敷石《しきいし》に水を打ってあることからも、来客に心を砕《くだ》く様子が窺《うかが》える。

けれども昼食時間を疾《と》うに過ぎ、看板も暖簾《のれん》も取り込まれたままだった。

アプローチから前庭を覗くと、陽の当たる沓脱《くつぬ》ぎ石《いし》の上に、白くて大きな犬がいた。こちらを向いてしきりに尻尾《しっぽ》を振っているが、その場を離れようとはしない。つながれているわけでもないので、躾《しつけ》が行き届いているのだろう。仙龍が馴染《なじ》みの調子で扉を開けると、少し遅れてコーイチが、春菜の後ろへ駆けてきた。

「ひゃー、ハラ減ったっすねえ」

コーイチはニコニコしながら、

「春菜さんどうぞ」

と、仙龍が消えた入口を指す。

「でも、お店、閉まっているんじゃないの?」と訊くと、

「そっすよ」

悪びれもせずにそう答えた。

「そっすよって……」

「お邪魔しまーす」

と、コーイチも入口を覗き、「春菜さん、こっち」と手招いてくる。

春菜はコーイチについて店内へ入った。

ひと坪ばかりの待合の奥に檜のカウンターが設えられて、頭上から品のいい照明器具が下がっている。カウンターに座る客の背中側に小上がりが、奥に個室がある造りで、大きな窓から植栽越しに小路が見える。落ち着いて、品のいい雰囲気だ。

「いらっしゃいませ」

すでに仙龍が座るカウンター奥で、和服の美人が微笑んだ。紺地に桜を染め抜いた着物に薄紅の襷《たすき》をきりりと締めて、細いうなじに白い肌、たおやかに小首を傾げる妖艶さ。

「あ……」

春菜はその美女に見覚えがあった。

顔を見たまま会釈したので、物見高いオバサンのような仕草《しぐさ》になった。和服美人は仙龍の姉、珠青だったのだ。

「高沢春菜さん？　お待ち申し上げておりました。こちらへどうぞ」

珠青は仙龍の隣の席を春菜に勧めて、

「コーちゃんも」

と、コーイチにおしぼりを差し出した。コーイチは春菜の隣に座った。

「今日はぶしつけなお願いをして、ごめんなさいね」

春菜にもおしぼりを渡して言う。

「あたしは花岡《はなおか》珠青と申します。守屋大地の姉ですよ」

「高沢春菜です」

今度はきちんと頭を下げて、春菜はおしぼりを受け取った。

「ここ、珠青さんのお店なんすよ。会社でもよく使うんす」

「お昼は勝手にご用意させていただきました。高沢さんは苦手なものがないそうなので」

お茶を出してくれながら、珠青はてきぱきと厨房《ちゅうぼう》に指示をする。

あまり間を空けずに料理人が運んできたのは、真鯛《まだい》のお刺身、ハマグリの酒蒸《さかむ》し、鰆《さわら》の西京焼きに筍《たけのこ》ごはん、菜の花の味噌汁、香の物、茶碗蒸しというラインナップで、艶《あで》やかながらも品のいい料理の数々は珠青のイメージそのものだった。

「ひゃあー、旨そうっすねえ。おかわりしてもいいっすか？」

椅子を前に引いてコーイチが訊く。

「どうぞ。仙龍さんの奢りですもの」

珠青は蠱惑《こわく》的に小首を傾げた。

「決算期に呼び出されて、ふくれっ面《つら》をしていたからな。これで機嫌が直るといいが」

仙龍は春菜が食事に手をつけるのを待っている。

「ふくれっ面なんかしてません」

答えながら、春菜はまた、わずかに膨れた。

「仲がいいこと」

珠青が笑う。

「冷めないうちに召し上がれ」

そう言われても、仙龍の家族の前で食事するのは、自分が品定めされているようで落ち着かない。さしもの春菜も背筋を伸ばし、箸を手にして考えた。

何から食べたらいいのだろう。和食のマナーって、どうだったかしら？

考えているうちに、コーイチがわしわしと食べ始めた。焼きたての鰆を口に運んで、ハマグリに移り、お刺身を食べ、筍ごはんを頬張《ほおば》って、お新香《しんこ》をつまむ。

「菜の花の味噌汁サイコーっす」

満面の笑みで言うのを見ていると、春菜のお腹がキュウウと鳴った。

「いただきます」

春菜は先ず味噌汁をいただくことにした。美しい菜の花が白味噌の汁に浮く味噌汁は、下にエビしんじょが隠されていて、桃色と黄色と緑が信州の春を思わせた。ひとたび料理に箸をつけると、どんどんお腹が空いてきて、

「わあ、美味しい。これ美味しい」

と言いながら、次々に皿を空にした。

そんな様子を横目で見ながら、仙龍は静かに食事をする。カウンターの内側で手を動かしながら、珠青はにこやかに春菜を見ていた。

「そういえば、お庭にわんこがいるんですね」

お膳《ぜん》の料理をあらかた食べ終わった頃に春菜が言うと、

「シロをご覧になったのね」

と、珠青が答える。

「お行儀のいい犬ですね。沓脱ぎ石の上から動きもせずに」

「そう。とても賢い犬だったのよ」

珠青は空いたお膳を片付けながら、

「コーヒーでよろしい?」

と、春菜に訊いた。

「はい。頂戴《ちょうだい》します」

珠青が厨房へ消えたので、春菜は改めて店内を見回した。

「素敵なお店ね。カッパ小路にこんな素敵なお店があるなんて、知らなかったわ」

「宣伝をしていないからな。無駄に混んでもあしらいに隙《すき》が出る」

お茶を飲む仙龍をじっと見て、春菜は言った。

「仙龍のお姉さん、もっと気取った人かと思った。とても感じのいい人ね」

隣ではコーイチが三杯目の筍ごはんを食べている。

「珠青がか？」

と仙龍は笑い、そして、そのままトイレへ立っていった。

春菜はコーイチを振り向いた。

「あれ、どういう意味？」

「やー。そのままの意味じゃないっすかねえ。なんたって、珠青さんに頭が上がるの、せいぜい棟梁くらいなんっすよ。青鯉《あおこい》さんだって尻に敷かれているっていうのに」

「青鯉さんって、仙龍の次の導師候補の？」

「そっすよ。青鯉さんは珠青さんの旦那さんなんす」

そうだったのか。

「んでも、やっぱ春菜さん、さすがっすねえ。シロがわかったんすもんねえ」

「シロがわかったって？」

そこへ珠青が戻ってきた。

「コーちゃんのコーヒーも淹れていい？」

「はい。ごちそうさまでした。旨《うま》かったっす」

「そう気持ちよく食べてもらえると、板さんも喜ぶわ」

腕を伸ばしてお膳を取ろうとするのを、コーイチは自ら立って膳を待つ。

「俺、自分で運ぶっすよ。珠青さんは大事な体なんだから」

お膳をどかし、テーブルを拭いて、コーイチは食器を厨房へ運んでいく。カウンターには春菜と珠青だけが残された。

（大事な体って？）

訊きたかったが僭越《せんえつ》なので黙っていると、こちらの意を察したように、珠青が帯に手を置いた。

「いま四ヵ月」

「え。おめでとうございます」

ひねりも何もない返しだが、こういう場合は思わずそう言ってしまう。すると珠青はカウンターに手をかけて、春菜の瞳《ひとみ》をじっと覗いた。

「子供を授かると、サニワをなくすんですよ。だからあたしは、もうシロを見れないの」

「え？」

一瞬、何を言われたかわからなかった。その顔を見て珠青が笑う。

「シロは、仙龍さんが子供の頃に拾ってきた犬なんですよ。真っ白で毛の長い雑種犬で、十八年も生きました。仙龍さんは無口な朴念仁《ぼくねんじん》だけど、あれでなかなか優しいところがあって、シロが死んだときは、それはもう、人目も憚《はばか》らずに泣いてたわ。父の葬儀のときよりも、泣いていたんじゃないかしら。シロも仙龍さんが大好きで、庭の沓脱ぎ石に座って、いつも帰りを待っていたのよ。その石を、お店の庭へ曳いてきたんです」

「え」

春菜は窓越しに庭を振り向いた。白い犬がいた場所には沓脱ぎ石だけが置かれていて、今はそこに仙龍が立って、食後の煙草《たばこ》を吸っている。春の日だまりがぬくぬくと暖かそうで、考えてみれば、割烹《かっぽう》料理店の庭に動物がいるというのもおかしな話だ。

「沓脱ぎ石を曳いてきたのも仙龍さんなんですよ？　ここなら常時誰かがいるから、シロが寂しくないだろうって」

「犬はいない？」

珠青は大きく頷いた。

「強いサニワを持っていても、本人はそれと気づかないものよね。あたしもそう。こういう家に生まれたけれど、別にどうとも思わなかったわ」

涼しげな調子で珠青が言うので、春菜は思いきって訊いてみた。

「サニワってなんですか？　ちっとも意味がわからなくって」

かたちのいい唇を三日月形にしたままで、珠青は答える。

「こうこうだと、定義があるわけじゃございません。だからあたしも、正解を知っているわけじゃないけれど、サニワは、本当は、誰しもが持っているみたい。でもねえ、たいていの人は大人になると失ってしまう。これは棟梁の言葉ですけど、あたしみたいに跳ねっ返りで、好奇心旺盛《おうせい》なバカでないと、長くサニワを持っていられないそうですよ」

跳ねっ返りで好奇心旺盛なバカ……春菜は我が身に置き換えて珠青の言葉を復唱した。

「そうしてサニワは気が強い。それがサニワの条件なんです。そうでなければ天秤《てんびん》の両側にいろいろなものを載せすぎて、秤《はかり》が壊れてしまうから。公平な審判が下せないでしょ」

「サニワは審判なんですか？」

珠青はまた曖昧に微笑んだ。

「隠温羅流にサニワが必要なのは、サニワを通して声なき声を聞くからです。どちらにも偏らない、強くて真っ直《ます》ぐな心を通して、因縁の潮時や自然の流れを知るんです。あるものを、あるべき場所に納めるために」

春菜は黙って首を傾げた。わかったような、わからないような。

「そうよねぇ。今どきのお嬢さんにそんな話をしたって、ちんぷんかんぷんですよねぇ」

珠青はくすくす笑ってから、

「棟梁からも聞いていますよ？　高沢さんの気の強さと鈍感さは筋金入りだと」

「気の強さと……鈍感さ……」

春菜は思わず真っ赤になった。

「もちろん褒めて言ったんですよ。うちの男衆は飾った言葉を知らないから」

「まったく褒められた気がしません」

「どちらもとても大切なのよ。オカルトや迷信に傾倒する者は、隠温羅流のサニワにはなれません。無駄に信心深くてもいけない。頑《かたく》なすぎてもよくありません。怖い目に遭っても、すぐ忘れるくらいがいいんです。常に中立な立場でいられるから」

「珠青さんは、ずっとサニワを務めてきたんですか？　そういうことに気を遣って」

「気なんか遣いませんよ。面倒臭い」

珠青はニッと白い歯を見せた。

「あたしはあたし。サニワになるために生まれてきたわけじゃございません」

サバサバした調子で断言する。春菜は一足飛びに珠青のことが好きになった。

「コーヒーが入ったっすよー」

厨房の暖簾をくぐって、コーイチがコーヒーを運んできた。

「あら、悪いわねコーちゃん」

さほど恐縮したふうもなく、珠青はカウンターに出ていたお茶を引き上げた。

「そこに配って。仙龍さんを呼んでくるから」

俺が、というコーイチに、そっと人差し指を立て、珠青はカウンターを出ていった。

コーヒーは、とてもよい香りがした。器は飲み物の色を邪魔しない染め付けで、こういうところにも珠青のセンスを感じてしまう。悔しいけれど素敵な女性《ひと》だ。仙龍は、あんな素敵な女性を姉に持つから、なかなか結婚しないのだろうか。それとも早死にするのを気に病んで、敢《あ》えて恋人をつくらないのだろうか。

春菜は、サニワのことよりも、そっちを訊くべきだったと後悔した。

庭に珠青と仙龍が立っている。初めて珠青を見かけたときは、仙龍の恋人ではないかと思ったが、そうだと言われてもまったく違和感がないくらい、二人の纏う空気は似ている。むしろあの人が仙龍のお姉さんでよかったと、春菜は思った。

「珠青さんとは気が合うみたいっすね」

口をぱかっと開けてコーイチが笑う。邪気のない、可愛《かわい》い笑顔だ。

「もっとつんけんした美人かと思っていたら、そうでもなかった」

「そうなんっすよね。珠青さんは、なんつか、竹を割ったような性格なんすよ」

「跳ねっ返りで鈍感だって」

「あー。そこがまたいいんっすよねー」

コーイチはニコニコしながら、コーヒーをひと口飲んだ。砂糖を入れてかき回し、また二口ほど飲んでから、今度は渦《うず》の上にそっとクリームを流し、渦巻きを見届けてから上澄みをする。

「面白い飲み方をするのね」

「なんつか勿体《もったい》ない気がしちゃって。こうすると、何段階にも味わい深いじゃないっすか」

春菜もコーイチの真似《まね》をしてみた。珠青の店のコーヒーはブラックで十分に美味しいけれど、砂糖をひとつ、次にはクリームを足すというように変化させても、それぞれ美味しい。コクと香りが際立っているから、砂糖の甘さやクリームの脂肪分に負けないのだ。

「クリームも温めているのね。驚いた」

「でしょでしょ？　青鯉さんが、コーヒーが冷めるのを厭がるんですって」

コーイチは自分のコーヒーが褒められたかのように得意気だ。

静かな店内には用水路を流れる水音が微《かす》かに聞こえる。近くに車道がないので、市街地にいるとは思えないほど時間がゆっくり過ぎていく。時折厨房から聞こえる水音や、微かな食器の音さえも心地よい。空間は人なんだなあとしみじみ思う。

仙龍は風のように戻ってきて、ブラックのままコーヒーを飲み、

「旨かったか？」

と、春菜に訊ねた。珠青と話すこともできて、春菜は大満足だ。

「美味しかったわ。お茶も、お料理も、コーヒーも」

「それはよかった」

コーヒーを飲み終えて席を立ち、仙龍は、ごちそうさまと珠青に言った。厨房から料理人たちが顔を出し、カウンターの中に並んで見送ってくれる。

「休憩時間に無理を言って、悪かったな。許してくれ」

「いえいえ。若のためならば」

料理長は相好を崩し、若い料理人らもニコニコしている。一同に見送られて店を出ると、アプローチを戻りながら仙龍が言った。

「さっき棟梁から電話があって、小林《こばやし》教授が、けがで入院したそうだ」

「えっ」「まじスか」

春菜とコーイチは同時に驚いた。

小林教授は本名を小林寿夫《ひさお》という。もとは大学教授であったが、今は民俗学の教授職を退いて、信濃《しなの》歴史民俗資料館の学芸員をしている。隠温羅流とは先代から深く関わりを持ち、博物館の展示を手掛けるアーキテクツとも懇意の仲だ。

「けがってなに？　大丈夫なの？」

「これから病院へ行こうと思う。おまえを会社に送ってから」

「私も行くわ。小林教授が入院したとなれば、井之上部局長に報告しなきゃならないし」

「決算期じゃなかったのか？　まあ、そう言うだろうと思ったが」

仙龍が苦笑する。男前だと思ったことを、春菜は撤回したくなってきた。

「俺もついていいっすか？　やっぱ教授が心配っすから」

「そうだな」

春風に梅香るカッパ小路を、仙龍たちは抜け出した。


小林教授の入院先は、信濃歴史民俗資料館にほど近い、中程度の個人病院だった。レッドロビンの生け垣で囲われた駐車場に車を停めて、ナースセンターを通っていくと、個室に教授の奥さんが付き添っていた。

初めて見る教授の奥さんは小柄《こがら》で丸い体つきをした温厚そうな女性で、取るものもとりあえず駆けつけた仙龍や春菜を見ると、恐縮して頭を下げた。

「おや。これはこれは」

当の教授はと言えば、待ってましたとばかりに笑顔を見せる。足や腕をギプスで固定して吊《つ》られているわけでもなく、見るからに元気そうだった。

「棟梁から電話で聞いて……驚きましたよ。大丈夫ですか」

仙龍が言うと、

「心配させてすみませんでしたねえ。様子見で入院させられただけなので、ちっとも大したことはないんですけど……個人的にちょっとお願いがありまして、棟梁に連絡したというわけなんですよ」

教授は病状を告げもせず、仙龍をベッドの脇に手招いた。その場にいた奥さんが場所を替わって出てきたので、春菜は奥さんに挨拶をした。

「いつもお世話になっております。私、株式会社アーキテクツの高沢と申しまして、先生とは信濃歴史民俗資料館の展示物などでお仕事をご一緒させていただいています」

「こちらこそ。いつも主人がお世話になっております」

奥さんは再び深々と頭を下げた。

「コーイチさんまで。すみませんでしたねえ」

「や。いいんっすよ。てか、大変でしたね」

「先生のお加減はどうなんですか？　けがをしたって」

「いい歳をして、脚立から落ちたんですよ。大したことないんですけど、頭を打っている可能性もあるからと、大事を取って入院したんです。歳が歳ですからね。もう……本当に……みなさんにご心配ばっかりおかけして……」

「美紀子《みきこ》さん。あんまりね、歳歳言うもんじゃありませんよ。ぼくだって、なんだか病人のような気持ちになるじゃないですか」

教授は手元のスイッチを操作してベッドを起こし、脇机に手を伸ばそうとして、

「あいたたた……」

と、顔をしかめた。病衣からはみ出た腕には痛々しく包帯が巻かれ、腰にはコルセットをしているようだ。

「無理しないで。何を取るんですか」

仙龍が訊くと、

「そこにあるファイルをね。お願いします」

と、教授は言った。

奥さんは、会釈して部屋を出ていった。

「あの人は心配性で困ります。私だって、こう見えてもね、まだまだ寝込むような歳じゃないんですけどねえ」

小林教授はトレードマークの黒縁メガネを引き寄せて、定位置に掛けた。

「つか、奥さんが心配するのもわかりますって。脚立から落ちたって、何をしようとしてたんっすか?」

コーイチが訊くと、教授は仙龍からファイルを受け取ってベッドの付属テーブルに広げた。

「ただ落ちたんじゃないんですよ。だから私のせいじゃないんです。ちょっとねえ、面白いことがありまして」

ようやくいつもの教授らしく瞳をキラキラさせ始めたが、もはやトレードマークとなった灰色の作業着ではなく、病衣を着ているところが痛々しい。

「脚立のどこから、どういう状況で落ちたんですか」

仙龍は問い詰めるように小林教授を見下ろしている。

教授はメガネをずらし、上目遣いに仙龍を見上げた。

「仙龍さんまで。私が耄碌《もうろく》したと言いたいんですか？　そうじゃないって言ったでしょう。脚立ごとひっくり返りはしましたけどね、それは脚立を押さえていた学生の東《あずま》くんが、幽霊に驚いて手を放したからなんですよ」

「幽霊？」

仙龍はあきれたように言い、春菜とコーイチは顔を見合わせた。

「そうですよ？　今からそれを説明しますから」

教授はベッドの足下に立つ春菜とコーイチを手招いた。

「ちょっとこれを見てください」

テーブルに広げたファイルを、教授は仙龍のほうへ向けた。

中には写真がファイリングされて、工事現場の基礎のようなものが写っている。四角く掘られた穴の中央に繭のような形の物があり、周囲にメジャーが写っているから、けっこうな大きさだとわかる。直径は九十センチから一メートル程度というところだろうか。

「なんすか、これは」

「ザルガメですねえ」

「ザルガメって？」

春菜が訊くと、教授が答えた。

「竹などで編んだザルに、三和土《たたき》や漆喰などを塗って固めたものです。実は、少し前に上越《じょうえつ》市から連絡がありまして。妙なモノが出たので見に来てほしいといわれたのですよ」

「それがこれなんっすか」

「そうですそうです」

小林教授は悪戯《いたずら》っぽい顔でニヤニヤと笑った。

「いやあ……こんなものとお目に掛かれるとは……長生きはするもんですねえ」

本棚を探すように脇机に目をやってから、

「あ、ここは病院だから、欲しい資料がすぐにない。悔しいですねえ。資料館の図書室には自然ミイラの書籍が置いてあったんですが」

そう言ってメガネを掛け直す。

「いいですか？　これがザルガメの外観で、これが」

教授は次の写真を出した。

業者が重機を使って、養生したザルガメを持ち上げている画像だ。現場を監督する小林教授の姿も写っている。その次の写真がザルガメを外した地面の様子で、そこにはバラバラになった人骨が写されていた。頭蓋骨《ずがいこつ》を含め、ほぼ一人分の遺骨が座位の状態で残されている。一部ミイラ化したところもあるが、頭蓋骨などは骨だけだ。空洞になった眼窩の下には眼窩と半分つながってしまった鼻腔《びこう》と、比較的揃った歯が見える。

「うひぃ」

コーイチが悲鳴を上げた。

「ザルガメって、昔のお墓か、棺桶《かんおけ》のことすか？」

「いいえ。そうではないんですねえ」

教授は次に、ザルガメの周囲から掘り出された副葬品らしきものの写真を見せた。青く変色した古銭や土器《かわらけ》の碗、木の実などが写っている。

「宋銭《そうせん》みたいっすね。けっこう時代が古くないすか？」

「淳熙元宝《じゅんきげんぽう》のようですよ。時代としては鎌倉《かまくら》あたりでしょうか」

「即身仏か」

仙龍が言う。

教授はニコリと笑顔を見せて、両方の手を揉《も》みしだいた。

「ちょっと違いますが、そうなのですよ。いえね、この地域には、もともと人柱《ひとばしら》伝説がありまして、それがどこかに埋まっているはずだと話に聞いてはいたものの、埋まっている場所はわかっていなかったのですね。ところが、それが偶然にも、地盤改良工事の最中に地滑り現場から現れた。奇跡ですねえ。そして言い伝えは、本当だったということですねえ」

教授は明らかに興奮している。

「これは何重もの意味で奇跡です。土地にあった人柱伝説が、今に言い伝えられていたことが先ず奇跡。この土地の人々は、人柱の恩を決して忘れなかったということですからね。尊い話だと子々孫々に語り継ぎ、現代にまで伝承した。素晴らしいことじゃないですか。そして現代、それが真実だったと明かされたのです。いやあ……何かの力を感じませんか？　これこそ、人が人たる所以《ゆえん》でしょうか」

いつものごとく小林教授が自己の世界観に埋没していきそうなので、春菜は自分の疑問を優先した。

「でも、即身仏って……湯殿《ゆどの》山とか、羽黒《はぐろ》山とかから出るものなんじゃないんですか」

「はいはい。そこでさっきの話になりますが、厳密に言いますと、こちらは人柱で、即身仏とは違います。即身仏は死後も肉体を現世に残し、拝まれる対象となるために入定《にゅうじょう》するのであって、春菜ちゃんが言うように出羽三山《でわさんざん》が有名ですね。以前は秘仏とされて詳しいことがわかっていなかったのですが、昭和三十四年に東洋美術、民俗学、歴史学、考古学、医学などの専門家が調査団を結成しまして、学術調査を行いました。結果として保管指導などがなされまして、現在も大切に祀《まつ》られていますよ」

「テレビか雑誌で見たことがある気がするわ……豪華な着物を着せられて、お堂とかに祀られているのを」

頷いてから、小林教授は春菜に人差し指を向けた。

「ですが、死後一定期間を待って掘り出され、信仰の対象として祀られることを前提にした即身仏に対し、こちらは土地の障りを鎮めるために、固めとして土中に埋められる人柱です。衆生のためにとの想いは同じですが、その後の扱いはちと違う。言い伝えによりますと、この人柱は信濃から来たお坊さんだったということですが」

「ザルガメが出た場所はどこだと仰いましたっけ？」

「猿沢地区です。サルとつく地名の由来は、動物の猿のほか、ザレ、つまり崩壊地が語源であることが多いのですよ。猿沢地区は昔からの地滑り地帯でしてね、こんな伝承が残っています」

小林教授は語り始めた。


——八百年ほど前のこと。居丈山《いだけやま》から尾熊川《おぐまがわ》一帯に地滑りが発生して、村人はほとほと困り果てていた。苦心して開墾した土地も家屋も、ずり落ちてゆく地面に流されて、田畑はひび割れ、家は崩れて、惨憺《さんたん》たる有様《ありさま》だ。これではとても平穏な毎日を送ることが叶《かな》わない。先祖伝来の大切な土地も、もはや手放すほかないと、村人が頭を抱えていたそのときに、信濃の国から久々野《くぐの》峠を越えて、若い旅僧が村に入った――

「この先が少々民話めいていまして……旅僧は峠を通るとき、山蛇が大挙して『大抜け』やるべえと相談するのを聞いたという話になっています。『抜け』というのは土砂崩れのことで、広く木曾《きそ》地方などでも地滑りのことを『蛇抜《じゃぬ》け』と言いますね。山蛇が大きくなって山に棲《す》みきれなくなり、大海へ下るときなどに山崩れを起こすと思われていたのです」

小林教授は嬉しそうにニッコリ笑った。

「やるべえ、やるべえ。けれども、もしも、村の衆が、抜ける地面を叩《たた》いて固め、誰かが人柱になって土中に沈めば、とても抜けることはできんぞと」

「ホントだ。昔話っぽいっすね」

コーイチが言うと教授は頷き、

「言い伝えには物語性が加味されることが多いです。実際に山蛇が話したかどうかは別として、旅の僧侶《そうりょ》は山蛇の話を盗み聞きしたことがバレて捕らえられ、決して他言しないと約束して逃がしてもらうわけですが、村に入ってその窮状を目の当たりにすると心が動き、約束を破ってその旨を村人に伝えてしまうわけですよ。当然ながら、村では、これはえらいことだとなる。で、すぐさま土地を叩いて固めるわけですが、では誰を人柱にするかという段になると頭を抱えてしまうわけです。そして、何とか村を救ってくれないかと僧の袂《たもと》を引いて懇願《こんがん》するわけですね」

「あー……たまたまそこを通ったばかりに、お坊さんも災難っすねぇ」

コーイチがしみじみと言う。

「まったくです。けれど村の難儀を見るうちに、僧侶は自分が人柱になろうと決意する。山蛇との約束を違《たが》えて抜けのことを喋《しゃべ》ったからには、ただではすむまい、ならば一切衆生済度をして村を救うのが本命だというわけですね。尊きことと村人は感謝して、僧侶は人柱として土に埋められ、その後、地滑りは沈静化したということです。事実、猿沢地区では近年まで大きな地滑り被害が出ていませんでした」

小林教授は話を終えた。

なるほど教授が興奮するのも宜《むべ》なるかなと春菜は思う。

「伝承どおりに人柱が埋まっていたってことですものね。鎌倉時代から……すごいわ」

改めて写真を見れば、茶色く変色した人骨が神々しくすら思えてくる。それなのに、幽霊のせいで脚立から落ちたとは、いったいどういうことなのだろうか。

「でも、それと幽霊とは、どういう関係があるんですか？」

「そこなのですよ。それで仙龍さんに、現場を見てきてほしいのですが」

小林教授はメガネを直し、傍《かたわ》らに立つ仙龍を見上げた。

「その地区に人柱の幽霊が出るとでも言うんですか？」

「ならば話は簡単です。人柱が発見されて、出てくる幽霊がお坊さんだというならば、誰に訊ねることもなく、お坊さんが『吾《われ》を掘り出すことなかれ』もしくは『吾を手厚く供養《くよう》せよ』と言っているのだと想像がつきますがねえ」

小林教授は人差し指を振り上げて、

「出るのはお坊さんではなくて、老婆なのですよ」

と、雰囲気たっぷりに宣言した。

いったいどういうことなのだろう。春菜とコーイチは顔を見合わせた。

「ついては、春菜ちゃんにもね、ちょうど話があったんですよ」

教授は次に春菜を見た。

「言い伝えでしかなかった遺骨が見つかったことで、猿沢地区は盛り上がっていましてね。もちろん調査団が現地に入りまして、まあ、私もその一人なんですが。市から県にも連絡が行きまして、相応の予算が付きそうなんです」

「相応の予算ですか」

春菜の営業アンテナが反応した。

「調査後になりますけれど、民俗学的見地からみても、これは一大発見ですからねえ。人柱を祀るお堂の建設、あと、地滑りの資料館を作りたいという意見も出ていまして」

「地滑りの資料館」

「長野市の場合、善光寺《ぜんこうじ》地震に関する資料を消防署の隣の防災市民センターで展示管理していますよね？　予算の出所にもよりますが、猿沢地区の場合は地滑りですから、砂防事務所が管理するのが順当でしょうか」

「砂防事務所なら、井之上がパイプを持っています。仰るとおり、ぜひ調査に同行したいです」

春菜はたちまち営業モードに突入した。

伝承が事実だと証明されたことは確かに凄《すご》いが、決算期を迎える春菜には売り上げのほうが切実な問題だ。多くの場合、予算が付いて入札物件になってからでは入手できる情報量に限りがあるが、立ち上がりからプランニングに関与するなら、受注後はより細かくクライアントの意向を汲《く》み上げた仕事を提供することができるのだ。アーキテクツは建築の入札には関わらないが、事情を深く知れば知るほど、落札業者にアピールしやすい。どの業者が仕事を取っても、その後の展示プランで競争力を発揮できる。

それにもうひとつ。春菜はまだ、仕事でしか仙龍とつながっていないのだ。今日のように突然現場へ呼び出されても、二人が仕事上の付き合いである以上、その労力は売り上げに反映しなければならない。今後も仙龍と関わりたいと思ったら、仙龍がらみの売り上げを計上するしかないのである。今日のところは都合よく瓢簞《ひょうたん》から駒《こま》が出たけれど、仕事がなければ仙龍との縁は容易《たやす》く切れてしまうだろう。春菜にはそれが辛いのだ。

話に夢中になっていると、教授の奥さんが人数分のお茶を買って戻ってきた。

「お忙しいでしょうに、ほんとうに申し訳ありませんねえ」

と、恐縮しながらペットボトルのお茶を配ってくれる。手ぶらで来たのに、却《かえ》って気を遣わせてしまった。けれど奥さんは奥さんで、

「すみませんが、私はちょっと資料館まで行ってきますので」

と、頭を下げる。

「初めての入院で、誰かいないと不安のようで……すぐに戻りますから、どうぞゆっくりしていってくださいな」

そう言うと、そそくさとまた出ていってしまった。

なるほど、すっかり奥さんに甘えていたのだなと、春菜は教授を見下ろした。

「奥さまは、何か取りに行かれたんですか?」

「ええ、ええ。猿沢地区の資料をね。腰が痛いだけで内臓は至って健康なわけですから、退屈しちゃってね」

「入院している間くらいは、お仕事のことを忘れたらどうなんですか?」

「そうはいきませんよ」

少しだけ下唇《したくちびる》を突き出して教授は言う。

「本当なら、今すぐにでも現場へ戻りたいのですがね。労災の場合は診断書をいただかないと……いろいろと手続きがあるというので我慢しているところです」

「教授。そろそろ本題に入ってください」

窓辺に腕組みをして仙龍が急《せ》かす。教授は、「そうでした」とニコニコしながら、また少しだけベッドを起こした。自力で体を起こせないところを見ると、けっこう腰が痛いのではないかと思う。

「老婆の幽霊の話でしたね。先ず、人柱が出た場所ですが、猿沢地区で未憐寺《みれんじ》と呼ばれる小高い丘の中腹でした。地名に寺がついていることからしても、かつてそのあたりにお寺があったと思われますが、詳細は不明です。現在はただの丘陵で、地区には南鞍寺《なむあんじ》さんというお寺が別の場所にありまして、遺骨はその南鞍寺さんで、保管、調査中なのですが……」

午後になって日が陰り、仙龍が背にした窓からは、薄く光が射している。薄闇《うすやみ》と薄《うす》ら日《び》の端境《はざかい》のごとき明るさは、不穏なものが兆《きざ》す気がして落ち着かない。仙龍とコーイチの影も薄くなり、小林教授のベッドには白々《しらじら》と心許ない光が落ちる。空気は動かず、病院の匂いがして、天井の四隅がことさら暗い。

「最初はね。人柱の発掘調査を見に来た野次馬の話だったんです。妙な噂といいますか、老婆の幽霊のことですが」

　教授は掛け布団の上に両手を重ね、昔話をするような口調で話し始めた。学芸員として様々な講義をしていることもあり、小林教授は話がうまい。ひと言ひと言噛《か》みしめるように間を置くために、すっかり雰囲気に呑まれてしまう。

「土地には持ち主がありまして、昨今の気候が不安定なことからも、地盤改良といいますか、客土で普請するのを、上林平司さんという土木業者に依託しまして、まあ、その工事の最中に地面が滑ってザルガメが出たというわけなんですがね。で、この平司さんが地元の人なので、人柱が出てからというもの、地区の人たちが話を聞きに家へ来る。夕方自宅へ上がり込んでくる人たちに、平司さんは同じ話を何度もしまして、そうすると、やっぱり現場を見てみようということになるのですよね。明かりもない暗い丘へ行ってみようというんですから、もちろん止める」

「見に行けるんっすか？　調査中なのに」

　コーイチが訊く。

「いえいえ。地滑りのせいでザルガメが出たわけですから、一帯は立ち入り禁止です。危険ですしね、国土交通省の調査もまだ続いているわけで、関係者以外は立ち入れません」

「そっすよねえ」

「だから、近くの墓地のあたりから現場を眺めることになるわけです」

効果を狙ってか、小林教授は声を潜めた。

「人柱が出た場所のすぐ脇に、地主の家墓《いえはか》がありまして、そこからだと、ザルガメの出た場所がよく見えるというわけです」

「ふむふむ、なるほど」

コーイチは腕組みをして頷いた。

「見えると言っても、明かりもない山ですからね。懐中電灯なんかで照らしたとしても、崩れた斜面が見えるだけです。ザルガメと人骨はお寺へ運んでしまったわけで、見てもなーんにもないんですけど」

それでも人は物見高く現地を見たくなるようだ。

「人柱が出てから十日も経《た》っていないというのに、そういう人たちの間でこんな話が囁《ささや》かれるようになりました。曰《いわ》く、家墓のあたりで現地を覗き、さあ帰ろうと道を下りると、『もうし、もうし』と声を掛けてくる者がいる。見れば暗がりにお婆さんが座っているのだそうで、お寺さんへ行きたいのだけれど、道に迷ったと言うのだそうです。寒々と風が吹く薄暮《はくぼ》の丘で迷ったなんて、お婆さんも難儀だろう、たまたま自分が通りかかってよかったと、車で送ってあげましょうということになり、お婆さんを誘って車へ戻る数歩の間に、どこかへ消えてしまったそうで」

「……はぐれただけじゃ?」

春菜が訊くと、「それがですねえ」と、教授は言った。

「一本道なのですよ。家墓から先が地滑りのあった場所で、お寺さんへ行こうとすれば、家墓の前の道を下まで戻って、集落の脇を通っていく感じでしょうか。いえね、話はこれで終わりませんで」

どことなく嬉しそうな表情で教授は続ける。学者魂を刺激されて、居ても立ってもいられないのだ。だからこそ、神様が教授を脚立から落として入院させたのじゃなかろうかと春菜は思う。これ以上危険なことに首を突っ込まないように。

「次の日のことです。また別の人が丘を見に行って、お婆さんに会いました。今度はまだ日が高い、夕方のことだと言いますよ。やはり人柱が出た場所を見に行こうとして一本道を上っていくと、家墓の石垣に見たことのないお婆さんが腰掛けている。どこの婆さんだったかなと思いながら頭を下げると、お寺さんへ行きたいのだがと声を掛けられた。婆さん、どこから来なすったね、と訊ねてみれば、土地の者だと答える。はて、上の沢の婆さんだったか、下の里の家の婆さんだったか、外に出てこない年寄りも多いから、記憶にないなぁなどと思いつつ、電話で家族を呼んでやろうかと訊いた。すると婆さんは、お寺さんへ行きたいのじゃが。と、また同じことを言うのだそうで」

「……やべえ……」

コーイチが二の腕をさすった。

「なんか突然、鳥肌立ったっす」

「話の腰を折るな」

仙龍がたしなめる。

「それでその人は、お寺へ行くならこの道を戻って、集落へ入って、と、丘の下を指しながら説明したそうですが、すると突然、『おれは足が利かないから、背負っていってくれんかね』とお婆さんが言いまして、背中に負ぶさってきたといいます」

「ひー」

コーイチは指先を銜《くわ》えた。小林教授の話は続く。

「それが物凄い重さだったそうで、前につんのめって膝《ひざ》を打ち、そして突然怖くなりました。振り向くと、家墓が並ぶばかりでお婆さんはどこにもいない。背中は一瞬で軽くなったそうですが、その瞬間は墓石を背負ったような重さだったといいます。噂は瞬く間に広がって、その婆さんなら俺も見た、吾も見たと、いろいろな話が出ましてね。それで、ザルガメを掘り出したせいではないかと、まあ、地区では心配しているわけです」

「坊主《ぼうず》の人柱を掘り出したのに、坊主ではなく老婆が出るのはどういうわけだ」

「だから、そこを仙龍さんに調べてほしいのですよ」

「本当は、ザルガメに入っていたのがお坊さんじゃなくて、お婆さんだったとか？」

春菜が訊くと、教授は答えた。

「いいえ。若い男性の骨であるのは確かです。下半身の骨の発達具合からして、諸国を歩き回った修行僧ではないかということです。この点も伝承と合致しています」

「婆さんも一緒に埋められていたとかは？」

「骨は一人分だけでした」

「うーん……なんなんっすかねえ、そのお婆さんは」

「小林教授の脚立にも負ぶさってきたんですか？　そのお婆さんが」

「春菜ちゃん、それがそうではないんですよ」

小林教授はメガネを外して、掛け布団カバーで拭き始めた。病衣を着ているせいで、いつも腰に下げている手拭いがないからだ。

「降って湧いたような人柱の発見と幽霊騒ぎで、地区はざわついていましてねえ。そのうちに、調査団の中にもお婆さんを見たという人が出て参りまして……私なんぞは仙龍さんたちとお仕事をご一緒しているので、むしろ幽霊に会って、直接話を聞きたいくらいなものですが、若い学者や学生なんかは耐性がないですから、けっこう本気で怖がっていましてねえ」

「や。それが普通っすから」

コーイチが苦笑した。

「で、ザルガメが伏せてあった穴の写真を撮ろうと脚立に乗っていたところ、もうし、と声を掛けられて、脚立を押さえていた東くんが驚いて、私が落ちたというわけでして」

「そういう理由……だったんっすか……？」

「落ちたのが土の上だったので、この程度ですみましたがね、お茶を用意してくださった婦人会のお母さんたちには、申し訳ないことをしてしまいました」

「つか、声を掛けてきたのは婦人会の人で、ちっとも怪談じゃなかったんすね」

「おや。怪談などと言いましたかね？」

小林教授は心外だという顔をした。

「まあねえ、私のほかにも病人やけが人が続いているのは確かなんです。調査に来た国土交通省のお役人が心筋梗塞《しんきんこうそく》で倒れたり、南鞍寺のご住職の奥さんが、庫裡《くり》で天ぷらを揚げていて火傷《やけど》をしたりね。ですので、いずれ大きな事故が起きないように、仙龍さんに確認してきてほしいのですよ。どうでしょう、ちょうど桜の季節ですし、上越の桜はもう咲き始めているようですし」

「花見にかこつけて、俺を使おうって腹ですか？」

仙龍はあきれて言った。

「そりゃ、予算が付いたお仕事ならば、相応にお願いできますが、ご覧のとおり私は入院中の身ですしね、学者はお金の算段が苦手だというのは、仙龍さんもご存じでしょう」

小林教授は悪びれもせず、報酬は払えないと言う。仙龍は怯《ひる》まずに教授を見つめていたが、教授が邪気のない顔で笑うだけなので、ついに観念して眉尻《まゆじり》を下げた。

「まったく……敵《かな》わないな、教授には」

やおら仙龍はペットボトルの封を切り、奥さんがくれたお茶をゴクゴク飲んだ。無理矢理飲み干すと、「ごちそうさま」と、目の高さでボトルを振って、

「お茶のお礼に現場は見に行ってきますがね、相手がザルガメと人骨では、曳き屋の出番はないですよ」

棟梁には黙っていてください、と仙龍は付け足した。

棟梁は鐘鋳建設の金庫番であり、社長の仙龍すら頭が上がらない隠温羅流の重鎮だ。ひとたび因縁物件と関われば己の身を挺《てい》して障りを祓う仙龍の身を案じてか、仕事以外で因縁物件に関わるなかれと、常に小言を言うらしい。

「ええ。わかっています、わかってますから」

小林教授はニコニコしながら、そうと決まったら早く行けとばかりにベッドを倒し、メガネを外して寝てしまった。

春菜と仙龍たちは、追い払われるように病室を出た。

病院の駐車場へ戻った頃には、花冷えの風が吹いていた。薄水色の空に紅が差し、建物のシルエットが濃さを増す。まだ葉のない枝が黒々と宙に浮かび上がって、梅やコブシな

ど満開の影のみが豊満だ。

「どうするの？　これから行くの？　現地を見に」

訊くと仙龍は「そうだな」と言う。

「明日は明日で予定がある。現場を見に行くなら今日しかないな」

彼の車に向かいながら、春菜はスマホを取りだして、上司の井之上に電話した。

「井之上部局長、高沢です。本日は直帰しますので」

「おいおい」

と仙龍は、運転席のドアを開けたところで動きを止めた。

スマホを耳に当てたまま、春菜は仙龍を見て話し続ける。

「ええ。鐘鋳建設さんと一緒なんですけど……今から上越まで行ってきます。来期の売り上げにつながりそうな物件情報をつかんだので。はい……はい。報告は明日にでも……」

来期の売り上げにつながりそうな、という部分は特に力を込めた。仙龍はやれやれという顔でコーイチを見ると、軽トラックへ顎《あご》を振った。

「仕方がない。コーイチ、トラックを邪魔にならない場所へ移動してくれ」

「合点承知の助っすよー」

コーイチは嬉々《きき》としてトラックを動かすと、駆け戻って仙龍の脇に立ち、

「俺が運転していきますすよ」

と仙龍から鍵《かぎ》を預かった。運転手は交替し、仙龍は助手席に乗り込んだ。カーナビを操作して、猿沢地区を目的地にセットする。

「現地まで一時間少しというところだな」

それならあまり遅くならずに戻れるだろう。春菜も後部座席に乗り込んだ。

車は上信越自動車道を一路妙高《みょうこう》へ向かって走る。春まだ浅い長野市内から根雪の残る山間部を通り、次第に増えてゆく花を見ながら春めく上越へ向かっていく。

コーイチの運転する車が猿沢地区へ入った頃、夕焼けは気味の悪い赤色に変わっていた。

「こっから先がわからないっすね」

地区の入口あたりでコーイチは車を止めた。海ではなく長野と境を接する猿沢地区は、なだらかな丘陵を背に畑や民家が点在する静かな場所だ。クズ屋根の民家や農具置き場が点々と並び、その合間をゆく細道が集落の奥へ続いている。

春菜はウインドウを開けて首を伸ばしたが、一見しただけでは地滑りの跡すら見当たらない。

「未憐寺と地名を入れても、該当するデータが見つかりませんと出るな」

カーナビを操作しながら仙龍が言う。

「んじゃ、お寺の名前を入れたらどうすか？　骨を運び込んだってお寺の名前」

「たしか、そっちは南鞍寺と言ってたわ」

後部座席で春菜が言い、仙龍が南鞍寺と入力すると、ようやく設定が可能になった。

「あっちの細い道の先みたいっすね」

コーイチがハンドルを切って車を戻し、人影のない集落を細道へ入る。

——悲し……悲しや……——

春菜の耳に、風のような声が聞こえた。

「何か言った？」

後ろから訊ねると、

「え。なんすか？」

と、コーイチも言う。仙龍の声でないことはわかっていたので、春菜は窓の外に耳を澄ましました。芽吹き始めた木々と畑の土の匂いが鼻腔をかすめる。風は長野市内のそれよりぬるくて、沈みゆく太陽が照らす森の先すら、薄《うっす》らと香るような気持ちがした。

しかし、声は聞こえない。

「空耳だったのかしら」

独り言を言いつつ、春菜は猿沢地区の様子を眺めた。

車が上っていく細道の両側は、どちらも農家風の家である。通りから取り出しやすい場所に農具などが収納されて、軒下には去年の玉葱《たまねぎ》がまだ干してある。物置は海の近い地域でよく見かける板壁で、内部で作業できる広さがある。雪の多い地域なので主屋の周囲の敷地は広いが、全体的にどこといって変哲のない景観だ。

ところが坂を上り切ったところで突然家が切れ、片側一面が丘陵になった。視界を遮《さえぎ》っていた家々がなくなると、薄紅色に広がる空が風のように脳裏へ染み入ってくる。そのすぐ下には杉林が並び、幹線道路から見上げた森がこれだったのかと納得がいく。頂上でも山といえるほど高くはないので、やはり丘陵なのだろう。

「あ。あそこなんじゃないすかね？」

コーイチが丘を指す。丘陵の一部が陥没し、土砂がずり落ちて、道の一部にめり込んでいる。崩落する土砂崩れとは違い、まさしく地面が滑って道に押し上がってきたという感じだ。穏《おだ》やかに動いたであろう地面のイメージと、それによって傾いた木々の様子に、春菜はざわざわしたものを感じた。

「そのようだな」

仙龍も助手席から体を起こす。

道は丘の中腹まで続いているものの、現場までは行けそうにない。丘陵の下半分で斜面がずれているからだ。傾いた木々が多数あるほか、地面の一部がブルーシートで覆われている。見れば暗がりに明かりが動き、作業しているらしき人の姿が窺えた。

「もう少し進んで、路肩に停めよう。現場までは歩いていく」

コーイチが農道脇の空き地に車を停めるのを待って、三人は外へ出た。

「ほーんとうに、何にもないところなんすねぇ」

丘の反対側には長閑な田舎《いなか》の風景がある。さっき上ってきた道は丘陵と水平に集落の奥へと続いており、その先にお寺らしき森と建物が見て取れる。おそらくあれが南鞍寺で、なるほど老婆の足で行くには遠く思える。

かたや丘側に目を転じると、低くて長い丘が集落に沿って続いている。頂上付近は林だが、林立する針葉樹の下は何もない斜面で、道だけが横切っている。地滑りは丘陵の中心あたりで発生し、斜面に走っていた道がふっつり切れてなくなっている。

人柱が出たのはまさに亀裂が入った場所であり、ブルーシートを境に従来の丘と剝き出しの土砂が分かれている。歩き出した仙龍に付いていくと、ブルーシートの近くで枝を広げる巨大な樹影に気が付いた。

「あれかしら? 小林教授が言っていた家墓は」

「え、どこすか? 春菜さん、目がいいっすねえ」

コーイチが首を伸ばして先を見る。

「お墓じゃなくて木のことよ。あれ、枝垂れ桜だと思うのよね。桜の木はお墓に植わっていることが多いから」

「確かに枝垂れ桜だ。かなり古い木のようだな」

仙龍は一瞬足を止めて桜を見上げた。

その木は黄昏《たそがれ》の薄闇に枝を広げて、何もない丘に聳《そび》え立っていた。幹は太く、ねじれるように地面から生《は》え出し、複雑に折れ曲がって宙に延び、無骨なほど太い枝の随所から、髪の毛のように細い枝が噴《ふ》き出している。茜《あかね》と金と群青《ぐんじょう》の空に樹影が黒く浮かび上がって、無数に垂れる細い枝々が、振り乱れた黒髪を連想させた。

「こんな立派な木だとは思わなかったわ」

「枝垂れ桜は樹齢が長い。大型になる木が多いのさ」

仙龍はそう言うが、春菜はほかのことを考えていた。

「枝垂れ桜は観光資源になるのよね。あれだけの巨木だと、花が咲いたらすごいと思うんだけど……けっこう有名なのかしら」

「どうっすかねえ。地区の人だけが知る、隠れた名所ってところなんじゃないすかね」

現地を目視しながら狭い坂道を上っていく。

道路が整備された様子もないし、持ち主の家墓に植えられた桜が衆目の関心を集めているようにも思えない。もしも有名な花ならば、近くに駐車場などがあるはずだ。

「須坂市《すざかし》の高山《たかやま》地区なんかは枝垂れ桜で村おこしをしたのよね。たいていがお墓とか、お寺とか、畑の中とかにあるんだけれど、村内に何本も巨木があるので、桜巡りでけっこうな集客になっているわ」

「仕事の話になると、とたんに活《い》き活《い》きしてくるな」

仙龍が笑う。

人柱が掘り出された現場では、しきりに明かりが動いている。暗くなってきたので、そろそろ調査を終えるのだろう。話を聞きたいと思ってか、仙龍は足を速めた。

そのときだった。地面を見つめて歩く春菜の視界に、また黒々としたものが動いて見えた。あれ？ と、春菜は心で思い、そのまま地面に目を凝らす。見えたのは、土にまみれて辛《かろ》うじて続く舗装道路と、その先の土砂ばかりであった。

太陽は丘陵の反対側に沈もうとして、あたりは薄暮におおわれている。日射しがないので影もない。それなのに、仙龍の後ろでまた何かがズルリと動いた気がした。

春菜は足を止めて立ち止まり、仙龍とコーイチを先に行かせた。そして二人の背中から、二人が踏みしめて歩く地面を眺めた。

仙龍の視線はザルガメの発見現場に向いている。コーイチもそうだ。現場から人が退かないうちにと、明かりもない斜面を早足で上る。

やはりズルリと何かが動く。薄闇に紛れてよく見えないが、目を凝らせば辛うじて動きがわかる。長くて太くて半透明の、黒い鎖のようなものである。目の錯覚のようにも思えるが、冷静に見つめていれば確認できるのだ。

（なに？　何なのよ）

思わず右手を拳《こぶし》に握って、春菜は自分の胸を押さえた。錯覚かと思っても影は消えず、捻《ひね》った繊維のかたまりのような形をして、のたうちながら移動していく。

薄暗い地面にありあり見える不穏な黒さ。その先には仙龍がいる。仙龍が進むとそれも進み、仙龍が止まるとそれも止まった。間違いない。影は仙龍と共に移動している。

あれはなに？

春菜は自分の心に訊いた。あれに気が付いたのは、排水管の工事に行った家でのことだ。仙龍は女の髪を燃やしたが、そのあと、車に戻ろうとした仙龍を追いかけるようにして黒い影がつながった。影は黒髪そっくりだった。いま、仙龍が足下に引きずる影は、鎖のように絡まりながら、最後のひとつが長い髪のかたちをしている。それが仙龍の足に絡んで、ズルリ、ズルリと引きずられていく。見るからに禍々しい。善いものであるはずがない。あんなものを引きずって、仙龍は重くないのだろうか。

そう考えたとき、春菜は閃《ひらめ》きを得た。隠温羅流導師が四十二歳の厄年までしか生きられないのは、あれが絡みつくせいではないかと。

――隠温羅流導師の宿命で、因縁を切って因縁を受け、因縁に呼ばれてしまうのだ――

雷助和尚はそう言った。

「つまり……なに？　どういうこと？」

仙龍の背中を見送りながら、春菜は指先で鼻をこすった。思考の端が雷助和尚の言葉を通り、仙龍が引きずる影につながる。閃きと記憶は結び合い、やがてひとつの答えに変わった。鎖のような因縁の影が一定の長さに達すると、導師の命を引き込んで、今生を終わらせてしまうのではないか。導師が本厄の年にこの世を去るのは、あの鎖のせいではなかろうか。

丘から冷たい風が吹き下りて、春菜はブルンと身震いをした。刻一刻と近づいてくる仙龍の寿命を、黒い鎖のメーターで目視させられた気分であった。

そして春菜は、自分がそれを見つけたことにもショックを受けた。

——隠温羅流にサニワが必要なのは——

珠青はどう言っただろうか。

——サニワを通して声なき声を聞くからです。どちらにも偏らない、強くて真っ直ぐな心を通して、因縁の潮時や自然の流れを知るんです。あるものを、あるべき場所に納めるために——

サニワは審判か。因と縁とに耳を傾け、あるべき場所に納める役目。

それならば、変えられない導師の宿命を見せられたって意味がない。仙龍に会うたびに、鎖の長さを知れというのか。それが長くつながっていき、やがて彼を引き込む様を、サニワは見なければならないのだろうか。そんなの厭だ。厭だと言ったら厭なのだ。

春菜が立ち止まったことを知らずに、仙龍とコーイチは随分先へ行ってしまった。急がなければ調査員が帰ってしまうから、さらに足を速めて現場の人たちに声を掛けている。それでも春菜はまだ考えていた。どんな物事にも佳《よ》い面と悪い面があり、可能な限り佳い面を見るのが春菜のポリシーだ。失敗は成功を、ピンチはチャンスを孕《はら》むもの。

「……ちょっと待って……」

仙龍とコーイチではなく、春菜は自分自身に呼びかけた。

待って、待って。ちょっと待って……と、いうことは、つまり……あれ？

次には天空へ目を向けた。

鎖が見えるということは、仙龍の寿命が見えるということ。それならば、これ以上鎖が長くならないように、仙龍を因縁から遠ざければいいのではないか。

「どうやって？」

春菜は自分にまた訊いた。

そしていつか雷助和尚が、因縁を解く方法について触れていたのを思い出した。

——隠温羅流が代々因した縁は、六道にわたり六道をつなぐ。天、人間、修羅、畜生、餓鬼に地獄で、これが六道。天命までに六つの因縁切りができればあるいは……

「六道を因縁切り」

どうしてそれに気づかなかったのだろう。

いやいや、それは私自身が信じようとしていなかったからだ。和尚の言葉も半分程度は聞き流していた。仙龍の寿命のことだって、焦るばかりで直視しようとしてこなかった。莫迦《ばか》、馬鹿《ばか》、ばか。バカな春菜。仙龍が四十二歳になるまでに、六道の因縁を切ればいい。もしくはこれ以上鎖が長くならないようにすればいい。

春菜は心の底から興奮してきた。もしかしてそれこそが、自分と仙龍が出会った意味ではなかろうか。因縁も怪異も気のせいだと思っていた過去の自分は棚に上げ、春菜はただ純粋に、仙龍を救えるかもしれないという閃きに歓喜した。

生臭坊主《なまぐさぼうず》をつかまえて、六道の因縁を切る方法を聞き出さないと。

春菜がそう思ったとき、突然、前方で爆発音がした。

「あーっ！」

と叫ぶ声がして火の手が上がり、仙龍とコーイチが身を伏せた。二人は即座に後ろを振り向いたが、春菜が二十メートルも離れて佇んでいるのを確認するや、丘に噴き出した黒い煙目指して駆けていく。再び破裂音がして、メラメラと赤く炎が上がる。

救急車！　と声がする。混乱を極めた声も。

春菜も慌てて現場へ走った。

地面に敷かれたブルーシートが燃えていて、近くで小さな物が火柱を上げていた。男性が一人地面に倒れ、一人が彼を介抱して、一人が電話で救急車を呼んでいる。

「来るな！」

と、仙龍は春菜に叫んだ。

「離れていろ。コーイチ！」

仙龍とコーイチは、地面に倒れた男の頭と足を抱え上げ、その場にいた者たちを追い立てて、全員を炎から遠ざけた。

「シートをここへ」

言われて春菜は周囲を見回し、片隅《かたすみ》に畳んであったブルーシートを地面に広げた。その上に、二人はけが人をそっと下ろした。まっ黒で、血だらけだ。

「水道はないか」

「ここにはありません」

誰かが答える。

「コーイチ、水汲んでこい！」

はいと答えるが早いか、コーイチはその場にいた若い男を連れて、坂の下へ走っていった。シートに置かれた男性は、両腕と顔、胸のあたりに酷《ひど》い火傷を負っている。後ろで炎は燃えさかり、時折、焼けた部品が空を切る。火元から離れたのは正解だった。

「何が起きたんですか？」

救急車を呼んでいた男性に春菜が訊くと、

「照明を点けようと思ったら、発電機が爆発したんです」

と、彼は言った。

「給油しようとしたわけでもないのに、なぜ爆発したのかわからない」

下の民家から水をもらって、コーイチたちが駆け戻ってくる。同じく手に手にバケツやペットボトル、タオルを持って、数人の見知らぬ人たちが駆けてくる。

「ホースをひけないんで人海戦術っす。社長、これ」

仙龍がけが人をタオルで包むと、コーイチはその上からペットボトルの水を注いだ。仙龍は春菜を見て、おまえもかけろと指図する。

「患部を冷やし続けるんだ。タオルの上から、救急車が到着するまで」

言うが早いか仙龍もまた水を汲みに走っていった。

「大丈夫ですか。しっかりしてください。気を確かに」

春菜はけが人を励《はげ》ましながら水をかけた。地元の人が明かりを持ってきてくれて、現場の周囲が明るくなった。発電機にはガソリンが入っているとかで、火の勢いはなかなかおさまらない。すっかり日の暮れた丘の上には、いつの間にか野次馬が集まっていた。

やがて救急車が到着し、同時に消防車と警察官もやってきた。けが人が運ばれ、火が消されると、現場には警察官が持ち込んできたバッテリー式のＬＥＤライトが灯された。

調査責任者が聴取を受けている脇で、春菜たちは、コーイチと水汲みに走った青年と一緒にいた。空気に焼《や》け焦《こ》げた臭いが交じっていて、真っ白なライトに照らされた調査現場には、濡《ぬ》れたタオルや、焦げた上着や、燃え落ちた部品が散らばっている。

「どうして引火しちゃったんすかねえ」

コーイチが呟《つぶや》くと、青年は、明かりのせいで余計に闇《やみ》が濃くなった背後を怖々と見た。明らかに何かに怯《おび》えた表情をしている。

「大したことがないといいけど、けっこう広範囲に火傷していたみたいだし……」

ここに来てようやく春菜は、自分たちがいきなり現場に踏み入った部外者であることを思い出した。もしかしてこの青年が、小林教授の脚立を支えていた学生ではなかろうか。

「あの。私たち、信濃歴史民俗資料館の小林先生の知り合いなんですけど」

「え。そうなんですか？」

青年は、驚いたような安心したような、複雑な顔をした。

「先生の病院からここへ来たところでした。現場のお話を聞かせてもらおうと」

「そしたらいきなり大っきな音がして、火が見えたんすよ。驚いたのなんのって」

「現場の話って？」

青年は訊きながら仙龍の顔を見て、

「ぼくは、その……信大の学生で、東と言います」と、頭を下げた。

「小林先生が資料館でやっている講座で勉強しているんです。人柱が出たって言うんで、調査の手伝いをしてたんですけど、先生が脚立から落ちてしまったので、埋め戻し前に写真を撮っておくよう頼まれて……本当は、今日で終わりの予定だったんですけど……」

「鐘鋳建設の守屋です。調査が始まってからけが人が続いているそうですね」

「はい」

聴取されている責任者のほうをチラリと見て、東は仙龍に声を潜めた。

「本当は……掘り出しちゃ不味《まず》かったんじゃないのかな」

東の瞳がLEDライトの明かりで光っている。春菜はなんとなく不安になった。

「だって、絶対におかしいですよ。発電機は今日だけ使っていたわけじゃないんだし、給油しようとしていたわけでもないんです。資料に残す写真とか、測量とかも済んだので、片付けようとしていたんですけど、暗いと危険だからって、上林さんが明かりを点けようとして、そうしたら、いきなり火を噴いた。スイッチを入れただけなのに」

「確かに妙だな」

と、仙龍も言った。

「スイッチで火を噴いたって、漏電でもしてたんすかね？　ガソリンがこぼれて、気化してたとか」

「上林さんは慎重な人です。いつも細心の注意を払っていたし」

東の疑問はもっともだったが、無駄に恐怖心を煽《あお》らぬように、コーイチが話題を変えた。

「でも、よかったっすよね？　爆発したとき、噴き出たガソリンを被《かぶ》っていたら、大けがじゃすまなかったかもしれないっすから」

東は怖そうに首をすくめた。

「祟りだ。やっぱり祟りなんですよ」

「祟りって？」

「人柱を掘り返したからですよ」

仙龍は春菜を見て、「何か感じるか？」と訊く。

いつのまにか、丘の向こうに月が出ていた。月はまだ痩《や》せていて、群青の空に薄っぺらく懸かっている。ひとつふたつ星が瞬《またた》き、乏《とぼ》しい家々の灯が黒い大地に散っている。

春菜はザルガメが埋まっていた場所に目をやった。

轟々と音を立てて、風が針葉樹を揺らしていく。

春菜の前髪を吹き上げる。

ザルガメは疾うに掘り出され、穴には煌々《こうこう》とライトが当たって、遺骨も古銭も捧《ささ》げ物もない。春菜はさらに穴を見つめたが、何も感じることはできなかった。

厭な気配も、不穏な影も、死人の臭いも、何もない。穴はむしろ静寂を守って、清々《すがすが》しいようにそこにある。返す視線で仙龍を見たが、影の鎖もすでにない。

春菜は無言で頭を振った。こんなときに限ってサニワが発揮できないのは情けないけど、感じないものを感じたと言うわけにはいかない。

「そうか」と仙龍は頷いて、

「祟りや土地や調査に関しては、誰に話を訊くのがいいですか？」と、東に訊ねた。

東は聴取を受けている仲間を見ながら、首の後ろをポリポリ搔《か》いた。

「ぼくもここの人間じゃないのであれですが、本当は上林さんが詳しかったんだけど、救急車で行ってしまったし、あとは……そうだなあ……」

「土地の持ち主はどうっすか？　ここって持ち主がいるんすよねえ」

「うん。でも、誰なのか、ぼくは知らないんですよ。上林さんは知ってたけどなあ」

東は何度か首を傾げて考えていたが、やがて目を上げて、

「もしかして、南鞍寺で訊けばわかるんじゃないでしょうか」

とコーイチに言った。

「南鞍寺って、骨とザルガメを運んだってお寺っすか」

「そうです。あそこの」

東は丘の下方を指さした。

「ちょっと暗くてわかりにくいですが、この道をこう戻ってあちらへ行くと、突き当たりに小さいお寺があって、そこが南鞍寺さんなんですよ。ぼくも、あと、東京から調査に来

た人たちも、一週間くらい泊まらせてもらっているんですけど」

そして、案内してあげたいけれど、自分はまだ警察の人に足止めされているからと、残念そうに付け足した。春菜はすかさず東に名刺を渡した。我ながら押しが強いと思うけれど、それもこれも鐘鋳建設と仕事をするためである。

「私、史跡や文化財などの展示に関わる仕事をしています。そうしたご縁で小林先生のお世話になっているんですけど、もしも何かありましたら、いつでも連絡してください。祟りの話でも何でも、気になることがあった場合は」

「はあ……」

東に名刺を押しつけて、春菜たちはその場を離れた。

其の三

仙龍　死霊を背負う

寺の場所を聞いたので、来た道を戻ろうと踵を返すと、家墓を守るように立つ枝垂れ桜が地滑り跡を撫《な》でるようにユラユラと枝を揺らしていた。

来たときも見事な巨木だと思ったけれど、間近で見上げるとその大きさと異様な樹形は圧巻だ。足下に古い墓石を幾つも抱いて、黒々と夜空に伸びている。

――……悲しや……――

風が唸《うな》る音に交じって、春菜はまたあの声を聞いた気がした。

「行くぞ」

振り返って仙龍が言う。

「足下が暗いから、気をつけたほうがいいっすよ」

コーイチが手を伸ばしてくれたので、思わずその手を取ろうとして、春菜はこめかみに痛みを感じた。

「どうした？」

と、仙龍が訊く。

「いえ。なんでもない……けど……」

答えたとたん、春菜は墓石の合間にちょこんと座る老婆を見た。

手拭いで頭を包み、短い着物に前掛けをして、裸足《はだし》に草履を履いている。足は象の皮膚のように固く見え、灰色になった指先がひび割れていた。顔には深く皺が刻まれ、ふさがりそうな瞼《まぶた》の下で、小さな目がこちらを見ている。

春菜は目を瞬《しばた》き、たしかに老婆がそこにいるのを確認してから、仙龍に言った。

「お婆さんがいるわ……お墓のそばに」

仙龍とコーイチは、ゆっくり家墓に視線を移した。

――……あな悲し……か……なー……しー……や、なー……――

胸に誰かの手が入り込み、心臓をつまんで引かれる気がして、春菜はふらふらと家墓のほうへ歩み寄る。しな垂れた桜の枝が、おいでおいでと手招いている。老女は家墓の間に佇んでいたのだが、春菜が近づくと、皺びた腕を伸ばしてきた。

「お寺さんへ行きたいのじゃが」

すがるような調子で老婆は言った。

これがもしや小林教授が話していた幽霊だろうか。けれども老婆は歴然としてそこにあり、腰から下がぼやけて消えてもいなければ、儚《はかな》く透き通ってもいない。皺の細部まではっきりと、春菜は確認することができた。

「お寺さんって、南鞍寺のことですか?」

老婆はそれには答えない。瞼を伏せて耳を欹《そばだ》て、春菜の言葉を聞いている。風が鳴り、柳のように枝が揺れ、ともすれば老婆の姿を隠しそうになる。

「私たちも、これからそこへ行くんです。よければ一緒に行きますか？」

すると、伏せていた瞼をやや上げて、老婆は、春菜ではなく仙龍を見た。

「歳をとって、歩けんで……背負っておくれ……なぁ……お頼み申し……」

その瞬間、仙龍はガクリと膝を折った。

「社長っ、大丈夫っすか」

と、コーイチが訊く。その声で仙龍を振り返った春菜は、彼の背中に老婆が張り付いているのを見てギョッとした。

「うそ……え？」

そんなことがあるだろうか。老婆がいた家墓と仙龍は、数歩の距離だが離れていた。それなのに、老婆はすでに仙龍の背に乗って、肩に腕を回しているのだ。あれが人間であるはずはない。思ったとたん、水をかぶったように怖気《おぞけ》が立った。

「何するの。離れて」

春菜は老婆に命令したが、仙龍はひざまずいた位置から春菜を見上げて、

「心配するな」

と、唇の片側を持ち上げた。

「かまわんさ。婆さんが寺へ行きたいのなら、俺が連れていくまでだ」

背中の老婆はにんまり笑い、刹那、砂が舞うように消え去った。

「……消えた」

呟くと、仙龍は膝を払って立ち上がった。

「小林教授が言うとおり、墓石を背負ったような重さだったな」

「えっ、えっ？　お婆さんの幽霊が、社長の背中に乗っかったって言うんすか」

コーイチがキョロキョロとあたりを見回す。

「そうよ。コーイチも見たでしょう？　お墓のところにいたはずなのに、あっという間に仙龍の背中に……」

春菜は家墓と仙龍を交互に指したが、コーイチはキョトンとしている。

「お寺さんへ行きたいから背負ってほしいって……え……見てないの？」

コーイチはコクンと頷いた。

「歳をとって歩けないからって……その話も聞いてない？」

「春菜さんが誰かと話してるのは聞いたけど、お婆さんは見てないす」

「いたじゃない。ハッキリいたでしょ、手拭い巻いて、着物を着て、裸足に草履を」

春菜は同意を求めて仙龍を見上げたが、仙龍はなにも言わない。

振り向けば家墓のあたりは闇に沈んで、墓石の形すら確認するのが難しい。この暗さで、老婆が履く草履や、ひび割れた指まで、どうして見えたというのだろう。

春菜は両手で自分を抱いた。

「その婆さんは、寺へ行きたいと言ったんだな」

仙龍が優しく訊ねる。

「そうよ。お寺さんへ行きたいと……」

「ならば行ってみるしかないな。南鞍寺へ」

「つーか、まだ社長の背中に乗ってんすか？　お婆さん」

春菜はもう一度仙龍を見て、

「いないわ。もう、どこにもいない」と、答えた。

「俺も重さを感じない。さっきは潰されるかと思ったが」

老婆が何を訴えたいのかわからぬままに、三人は南鞍寺を訪れることにした。

南鞍寺は、猿沢地区の外れにある小さな寺だ。発掘現場で起きた事故の知らせはすでに届いて、煌々と明かりが灯る境内《けいだい》は庫裡の扉が開け放たれて、地区の人たちが出入りしていた。この寺は地区の集会場を兼ねているようだ。

「今晩は。御免ください」

声を掛けながら、春菜たちが庫裡を訪ねると、あとからあとから地区の人たちが湧いて出てきた。みなそれぞれに慌ただしく、事故で取り込んでいる最中に、どこの馬の骨が訪ねてきやがったという顔だ。春菜たちは庫裡の玄関に並んだまま、なかなか現れない住職を待った。しばらくすると、丸顔にメガネを掛けた小柄で恰幅のいい五十がらみの坊さんが、白い着物に茶色の羽織《はおり》姿で現れた。南鞍寺の住職らしき坊さんは、腰を屈《かが》めて上がり框から三人を見下ろし、

「どういったご用件でしょう」

と仙龍に訊く。仙龍は腰を折り、丁寧に素性を名乗った。

「はて……建設会社さんが、なんのご用で?」

「民俗学者の小林寿夫先生から、老婆の幽霊が出るわけを調べてほしいと頼まれたのです」

訪問の理由を告げると、物見高く住職を取り巻いていた者たちは、一斉に言葉を呑んで、意味ありげに視線を交《か》わした。さっきまで他所者《よそもの》を見るようだった住職が、

「とにかく、まあ……お入りください」

と、仙龍に言う。地区の者が手際よくスリッパを並べてくれたので玄関を上がると、広い廊下の先に座敷《ざしき》があって、何事か話し合いがされていたかのように、長テーブルにお茶の茶碗が並んでいる。履いたスリッパをまた脱いで、春菜たちは勧められるまま座布団に

座った。

仙龍の正面に住職が来て、その脇に地区の者らが次々と座す。

仙龍は名刺を出してテーブルに載せ、すっと住職に差し出した。

「鐘鋳建設……社長さんですか……」

住職は仙龍の名刺を取って、呟いた。

「うちは曳き屋で、古い建物の因を解き、新たな縁を結ぶのを生業《なりわい》としています」

「ほぅほぅ。難しいことを仰いますなあ」

住職は曖昧に頷いてから、自分の疑問を問うてきた。

「ときに、幽霊の話について、小林先生はどう仰っていましたか?」

「調べてくれと、それだけです」

仙龍の隣には春菜が、その隣にコーイチが座っていたのだが、コーイチは年配の男性が出涸《でが》らしのお茶を運んでくると、それを受け取って春菜のほうへ回してきた。春菜はそれを仙龍に回し、次のお茶を自分が受けた。

寒さで全身が冷えていたので、味はどうあれ、熱い飲み物はありがたい。春菜は茶碗を両手で包み、凍えた指を温めた。

「曳き屋ってのは、あの、建物を壊さずに移動させるヤツかいな?」

住職の隣から老人が訊く。地区の自治会長をしているという。

「そうです」

「それで、曳き屋に幽霊のことがわかるのかい」

仙龍は自治会長の顔を見た。

「幽霊のことがわかるかというと、少し違います。我々の使命は土地に因した縁を解き、浄化したのち次の世代へ託すことです。ただ、老婆の幽霊が出るというのであれば、その原因を調べることも仕事のうちです」

自治会長は地区の者らと顔を見合わせた。

「実は私たち、さっきまで、ザルガメが掘り出された場所にいたんです」

春菜が言う。

「現場へ行ったら、ちょうど発電機が爆発して。もう、ビックリしたのなんのって」

コーイチが続けると、

「そんじゃ、平ちゃんを助けてくれたってのは、あんたたちだったのかい」

座にいた誰かがそう言った。

「走って下の家まで水を汲みに来てくれたのは」

「あ、俺っすね」

コーイチが手を挙げると、そうかい、そうだったのかいと、その場の者たちは一斉に座を詰めてきた。

「いやね、今もご住職と、その話をしてたとこさ。あんな事故が起きるなんて。村を救ってくれたありがたいお坊さんを掘り出したから、罰が当たったんじゃないかとね」

「伝説のお坊さんだからねえ。掘り出されるのが厭だったのじゃなかろうか」

「だからさ、ここは丁重に供養して、お堂なんぞを拵《こしら》えて、そこに鎮まってもらうのがいいんじゃないかと思うんだよ」

「それはそうだが、調査が終わんなきゃ何もできんというんだから、仕方なかんべ」

「ご供養だけでも先にするのがいいんじゃないかって話だよ」

「なあ、ご住職」

自治会長が住職を見る。

「そういうことなのですよ。ちょうど今、その話し合いをしていたところで」

住職も身を乗り出して仙龍に言う。

「事故に遭った上林平司さんが、ザルガメを見つけた本人でして、やはりこれは祟りではないかと、みなが怖がっているわけなのです」

「そういえば、このお寺の奥さまもけがをされたそうですね」

春菜が訊くと、住職は頷いた。

「家内は調査が始まってすぐに、庫裡で料理していて火傷をね。天ぷらの準備をしておったのですが、何が跳ねたかわからないのに、けっこうな火傷をね、しましたんですわ」

「お加減はいかがです？」

心配する春菜に住職は目を向け、

「まあ、火ぶくれになった程度ですみましたがね」と、言う。

「それだけじゃないんだよ。小林先生は脚立から落ちるわ、心筋梗塞《しんきんこうそく》で倒れる人が出るわ、あと、なんだっけな？」

「井口《いぐち》さんだよ。その、婆さんの幽霊におっかぶされて、腰が抜けて寝込んでる」

「そうだそうだ」

一同が一斉に喋り始めたので、場の収拾がつかなくなった。誰それは信心が足りないとか、誰それは人柱の話を嗤《わら》っていたとか、話題は次第に本題から逸れていく。

四方山《よもやま》話《ばなし》にしばらく耳を傾けてから、

「その婆さんですが、ついさっき、俺の背中にも乗ってきました」

仙龍がピシャリと言うと、みな一斉に喋るのをやめた。

「まるで墓石を担いだような重さだった。あれは尋常なことじゃない。それで、詳しく話を聞きたいと、こちらを訪ねたのです。最初に婆さんを見た人は、ここにいますか？」

その場の者たちを見渡して、

「最初に見たのは誰だったか……でも、婆さんにおっかぶされたのは井口さんという人で、熱を出して寝込んでいます」

住職は答えた。

「こちらもね、老婆がどういう素性のモノなのか、さっぱりわけがわからんのです。平司さんがザルガメを見つけた次の日でしたか。話を聞いて独りで現場を見に行ったら、魂呼《たまよ》び桜《ざくら》の下で婆さんに声を掛けられ、道案内してやろうと思ったら背中に負ぶさってきたとかで……真っ青になって家へ帰って、そのまま寝込んでしまったそうです。家の者が寺へ来て魔除《まよ》けのお札を持っていきましたが、なかなかよくならないようで」

「あの桜、魂呼び桜って言うんすか？」

「近在では昔からそう呼んでます」

「桜の下にお墓がありますよね？　あれはどちらのお墓なんですか？」

春菜が問うと、「うちのです」と答える者があり、それは七十を超えた老人だった。

「内山《うちやま》さんです。あのあたりは内山さんの土地なのですよ」

住職が紹介してくれる。

内山という老人は面長で色白で、青年がそのまま歳をとったような風貌《ふうぼう》をしていた。髪は真っ白だが眉毛《まゆげ》は黒く、毛糸のベストの下に着た桃色の綿シャツが似合っている。

「地区のどこかに人柱が埋まっているという話は、永《なが》く言い伝えられておりましたがね、それがどこかは、ずっと謎《なぞ》のままでして。よもやうちの山から出ようとは」

「あの土地はどういう謂《いわ》れの場所ですか？」

仙龍が訊くと、内山は首を傾げた。

「明治までは墓場だったと聞いております。うちの家墓のあたりから丘のほうまで」

「未憐寺と呼ばれていたそうですが」

「今もそう呼んどりますよ。うちの母なんぞは」

「内山さんのお母さんは九十三になりますが、お元気で」

またもや住職が補足する。

「母に訊けばもっと詳しいことがわかるかもしれませんがね。昨日のことは忘れても、昔のことはよく覚えているんですから。なんですか、墓だったんだから、お寺さんもあったのでしょう。もっとも私が子供の頃は、すでにただの丘になってましたが、墓場だったという場所に畑を作るわけにもいかず、正直言いますと、持て余している土地なんですよ。それでも魂呼び桜があるもので、土地の者にはそれなりに愛されている丘ではあります。墓場に桜を植えるのは、花の時期に人が来て、故人が寂しくないためだと聞きます……本当のところはわかりませんけど」

「お墓には、どなたが埋葬されているのでしょうか？」

さっきの老婆を思い浮かべながら、春菜は訊ねた。

「家墓ですから、内山家の先祖ということになりますが。もちろん婆さんも爺さんも埋まっていますがね、親父も、兄弟も。でも、井口さんから話を聞いて、古いアルバムなんかを見てみましたが、話に聞いたような婆さんはいませんよ」

「私もさっき、そのお婆さんを見たんですけど」

春菜は内山の顔をそっと見つめた。色白で瞼が腫《は》れぼったいところなどは似ているような気もするけれど、老婆が内山の先祖かどうか、判断はつかない。

「背が小さくて、短めの着物に、エプロンというか前掛けをして、裸足に草履を履いていました」

「あと、頭に布を巻いていませんでしたか？」

「巻いていました。手拭いのような」

そうら、やっぱり。と、一同はまた騒がしくなった。

春菜が見た老婆こそ、地区を騒がせている幽霊らしい。

「お婆さんは、お寺さんへ連れていってほしいと言いました」

同じだ、井口さんの話と同じだ、と、口々に言う。

「お寺さんというのは、ここのことでしょうか？」

訊くと住職はメガネの奥から春菜を見て、袂《たもと》の中で腕を組んだ。

「いえね、あのあたりで老婆に声を掛けられたのは、ほかに何人もいるのです。それで異口同音に、お寺さんへ連れていってほしいと言われたと……このあたりでお寺といえば、うちということになるのですが、はて、この寺に縁の老婆とは思えないわけですよ。すでにけが人も出ていることですし、最近では気味悪がって、誰もあの道を通らなくなりまして……」

「ところが私はそうはいきません。なんたって、あそこに家墓があるわけですからね」

内山は同情を得るふうに言う。住職は頷いた。

「ザルガメが出てすぐに、私もあそこへお経をあげに行っとりまして。ですから、よもや人柱とお婆さんが関係あるとも思えんのですが、それより前に幽霊が出たというような噂は聞いておらんわけでして」

「やはり某《なにがし》かの関係があるんじゃろうと、儂《わし》らは思っとるわけですわいな」

「それではこういうのはどうですか。人柱伝説の中にお婆さんの話が出てきたとかは？」

春菜が訊くと、おめえ知っとるか？　いや、知らねえなあと、老人たちは首を傾げた。そもそも人柱の伝承も口伝《くちづた》えされていただけであり、資料などは一切残っていないのだという。仙龍は考え込んでしまった。

「どうですか？　これまでの話を聞いて、何かわかりましたかね？」

自治会長が訊いてくる。春菜はチラリと仙龍を見て、その思いを代弁した。

「無理ですよ。霊能者やイタコなら、幽霊が出る原因や理由を即座に答えられるのかもしれませんけど、鐘鋳建設さんは曳き屋師で、私は広告代理店の営業ですから」

「そっすよ。申し訳ないっすけど、話を聞いたり現場を見たりしただけで、即座に怨霊《おんりょう》退散ってわけにはいかねえんす。なんたって、幽霊には、幽霊になるだけの理由があったってことなんっすから」

コーイチも補足する。仙龍は顔を上げ、その場の者らを見渡して、静かに言った。

「事象の因を探るには、土地の経歴を追っていくほかはない。それには時間がかかります」

もっともなことである。小林教授は現場を見てきてほしいと簡単に言うが、見ただけで何かが解決するわけではないのだ。仙龍は重ねて訊いた。誠実な声と眼差《まなざ》しで。

「では、もともとあのあたりにお婆さんの幽霊が出るという話はなかったんですね?」

一同は、「ないない」と、答えた。

「お婆さんと、けが人が出たことのほかに、変わったことが起きていませんか?」

彼らは顔を見合わせて、特別変わったことはないなと会話が続き、やがて、一人がこう言った。

「そういや、今年は桜が遅くねえかい?」

「そういえばそうかもな」

「あー、ちょっと前に観に行ったときは蕾が紅《あか》くなってたが、そういやあ、その後はどうだったっけかな」

「まだ一輪も咲いてねえな。そういえば」

春菜の会社ではつい最近、同僚の轟《とどろき》が、観桜会告知用の大型サインを手掛けた。

アーキテクツでは、例年二月の終わり頃から花見客をターゲットにした各種イベントの計画や、それに伴う印刷物の仕込みがヒートアップする。桜の開花予想に耳を欹て、桜祭り期間の好天を願って、天気予報に一喜一憂する日々だ。

花の便りは北上を続け、桜の名所である上越市の高田《たかだ》公園ではすでに三分咲きになっていると聞く。長野市内の花はそれよりも数日遅く、日当たりのよい市街地の一部でようやく蕾がほころび始めたところである。

「遅いかしら?　例年並みだと思うけど」

「そうじゃぁねえよ。魂呼び桜が遅いって話だ」

「枝垂れ桜の開花は、ソメイヨシノよりも一週間ほど早いのですよ」

住職が言う。

「言われてみれば、今年は遅いな」

「木が古いからなあ。中が腐っておるのじゃないか?」

桜の持ち主である内山は首をすくめた。

「樹齢八百年といわれる木ですからね。地面が抜けたのも関係があるのかどうか」

手入れするにも先立つものがいると渋い顔をする。土地の普請をしている最中に地面が滑り、けが人も出て、それを内山家のせいにされても、いい迷惑だと言いたいのだろう。

踏んだり蹴ったりとはこのことだと、内山は頭を振った。ほかに変わった話は出てこない。やはり怪異の根元は、人柱を掘り出したことなのだろうか。

「時に、ご遺骨を見せていただくわけには参りませんか」

合間を捉《とら》えて仙龍が訊く。大切な学術資料だからと断られるかと思ったが、

「かまいませんよ」

住職はあっさり首を縦に振った。

「本堂に安置していますので、ついてきてください」

立ち上がって振り返るので、仙龍と春菜とコーイチは住職について庫裡を出た。

庫裡の脇から廊下が延びて、折れ曲がりながら奥のほうへと続いている。檀家《だんか》衆が使うトイレの前を通ってしばらく行くと、しころ戸の奥に本堂が見えた。黄金の瓔珞《ようらく》が下がる内陣奥に柔和な顔のご本尊が鎮座《ちんざ》して、須弥壇《しゅみだん》の灯籠《とうろう》に明かりが灯り、お香が漂っている。堂内の空気はキリリとして濃密なもので、春菜は思わず背筋を伸ばす。広い板張りの外陣の一部にシートが敷かれていて、そこに、繭のような形のザルガメと、遺骨が並べて置かれてあった。

遺骨は頭蓋骨からはじまって、首の骨、鎖骨、肋骨《ろっこつ》と続き、足の指の骨で終わっている。見た限り全身の骨がほぼ揃い、調査中なので各部の脇に紙が貼られて、番号が振って

ある。骨の手前には宋銭や朽ち木の欠片《かけら》や土器《かわらけ》など、一緒に掘り出されたものが並べてあった。遺骨の前には小さな祭壇が設えられて、生花や香炉の類《たぐ》いが供えてある。仙龍は先ずご本尊に一礼して手を合わせ、それから遺骨の前へ進んだ。春菜もコーイチも仙龍に倣《なら》い、続いて遺骨に向き合った。

本堂には照明装置がないので、薄明かりに目を凝らしていると、住職が灯籠に火を入れて運んできた。茶褐色に変色した髑髏の眼窩に光が入り、その内側が照らされる。下顎骨《かがくこつ》は頭蓋骨の隣に並んでいたが、どちらにも立派な歯が数本残されていた。

「もっと詳しく調べるようですが、若い男性の骨だそうで、その点でも伝承と一致しておるのです。下半身の骨が太いので、野山を歩き回っていた修行僧ではないかと。伝承では久々野峠を越えて猿沢に入った信濃の国のお坊さんということでしたが、信濃の生まれというよりは、諸国を行脚《あんぎゃ》して信濃に立ち寄り、峠越えをしてこちらへ入った坊さんではないかと、これは小林先生の話です」

祭壇の蠟燭《ろうそく》に火を入れて、線香を灯しながら住職が言う。

春菜は頭蓋骨に両手を合わせた。瞑目《めいもく》して祈ってみたが、発掘現場と同じように、なにひとつ不穏なものを感じない。骨になった坊さんが、掘り出されたことを恨んで祟っているとは思えなかった。

「どうだ?」

仙龍に訊かれても、春菜は頭を振るだけだ。サニワの力にはムラがあるのか、それとも自分の能力不足か、感じないものは感じない。伝承によると、この人物が村に現れたのは約八百年前。それからずっと、固めとしてあの丘に眠っていたということになる。どんな風貌のどんな人物だったのか、骨だけ見ても想像はできない。

遺骨と対面したあと、春菜は住職に名刺を渡した。祟りや幽霊の話に首を突っ込んできたのが霊媒師やオカルト研究家ではなく、曳き屋と広告代理店の営業だったことに驚きながらも、住職は、何かあったら連絡しますと言ってくれた。小林先生の紹介ですからと。

すっかり夜も更けてから、春菜たちは庫裡を出た。薄明かりの境内を駐車場まで戻るとき、風はびゅうびゅうと音を立てて頭上を行った。見上げると、杉木立の上に痩せた月が懸かっていて、薄い雲が月光に縁を光らせている。藍色《あいいろ》に沈む夜空には、長野市内で見るよりも、ずっと多くの星が出ていた。

「なんか、またお婆さんが出てきそうな雰囲気っすよねえ」

スマホのライトで地面を照らしてコーイチが言う。隠温羅流の綱取り職人なのにオバケが苦手なコーイチは、数歩歩いただけで腰がひけている。

「もしもまた出てきたら、何が望みか訊いてもいいわ」

春菜が答えると、

「怖くないんすか」

と、コーイチが訊いた。

「一人なら怖いけど、今は三人だし」

仙龍がそばにいるから。とは言わなかった。

「んでも、三人でいても社長の背中に乗っかったじゃないっすか。重かったって言ってましたよね？　墓石みたいに重くって、潰されるかと思ったって」

どこかで犬が吠《ほ》えている。その声は細く、甲高《かんだか》く、風を切って月のほうへ伸びていく。

「潰そうとしたわけじゃないのかもな。重さに意味があるのかも」

仙龍が言い、春菜が訊く。

「どんな理由？」

「まだわからんが」

いつものとおり、謎ばっかりだ。

境内の玉砂利を踏みながら、コーイチが照らす明かりの後ろを歩いていくと、門の手前に外灯がひとつあり、地面に丸く光の輪を描いていた。いかにも田舎じみて薄暗い、申し訳程度の明かりだが、そのために周囲が余計に暗く感じられる。境内の木々もまた、風にワサワサ揺れている。

「駐車場はそこっすから、俺が行って、門まで乗ってきますよ。社長と春菜さんはここで待っていてください」

仙龍と春菜を外灯の下に残して、コーイチは門を出ていった。

「コーイチはいつも元気百倍ね」

と、春菜は笑う。

仙龍は煙草を出して口に銜えた。両手で庇いながら火を点けて、夜空にふっと煙を吐《は》くと、煙は風に煽られて霧散した。二本の指に煙草を挟み、何事か考えるように宙を見ている。先端に灯る赤い火も、それを吸う仙龍を見ることも、春菜はけっこう好きだった。

「コーイチは、いつ白い法被をもらえるの？」

「研鑽五年だから、あと少しだな」

「いい社員を入れたと思ってるでしょ」

言いながら仙龍を振り向いてギョッとした。彼の背後にどす黒い闇が渦巻いていたからだ。驚きのあまり目を逸らし、咄嗟《とっさ》に地面を見た春菜は、声もなくその場に凍り付いてしまった。

外灯の下に佇む二人には、斜め上から鈍《にぶ》いライトが当たっている。そのせいで短い影が地面にあるのだが、春菜はともかく仙龍の影は、不気味な形になっていた。

背中に巨大な瘤《こぶ》があるのだ。春菜はグッと息を呑み、恐怖と驚きが顔に出ないよう心を砕いた。そうしておいて、挑むように影を観察すると、仙龍の影そのものが異様に変じたわけではないとすぐにわかった。影は仙龍の背中に乗るものを、はっきりと映し出しているに過ぎない。酷く湾曲した背骨、檻のように重なる肋骨、昆虫さながらに折れ曲がった足と腕。細い首の先に髑髏が載ったそれは、骸骨の影だった。骸骨は仙龍の首を抱くようにして、春菜に顔を向けている。

「せ……」

春菜が声を振り絞ったとき、眩《まぶ》しいライトが二人を照らし、影は消えた。

「行くか」

仙龍は何事もなかったように煙草を消して携帯灰皿に吸い殻を入れ、春菜が動くのを待って、コーイチが運転する車に向かった。

帰り道。春菜は後部座席から仙龍を見たが、骸骨はおろか影の鎖すら感じなかった。念のために骸骨が乗っていたと思《おぼ》しき場所を手で払ってみたけれど、空気に触れる感じがするだけで、何事もない。

肝心なときになんの役にも立たないサニワという力は、本当に必要なのだろうか。無駄に心が逸《はや》るばかりで、いいことなんかひとつもない。

春菜は、今まで努力で自分の道を切り拓《ひら》いてきた。努力さえすればなんとかなった。それに比べてサニワってヤツは、使い方も原理も曖昧すぎてお手上げだ。見たいときには見えないし、見たくないものは見せるときている。

サニワなんて、サニワなんて……

「クソ食らえだわ」

春菜は思わず呟いて、

「え？　なんすか？」

と、コーイチにバックミラーで覗かれた。

「春菜さん、お腹空いちゃったんすか？」

「そういえばこんな時間だな。メシ食って帰るか？」

仙龍が振り向いたけれど、

「いらない」

と、春菜は答えた。本厄を以《もっ》て死に至る仙龍のカウントダウンを目にした今は、とてもそんな気にはなれない。ああ、バカだ。自分がバカすぎて厭になる。

「こんな時間に飲食すると、美容に障ると思っているのか」

「そんなんじゃないわよ」

吐き捨てるように言ったあと、仙龍がそのまま自分を見つめていることに気が付いた。

「決算の繁忙期なのに悪かったな。感謝している」

「だ……だから」

そういう目で見ないでよ。

春菜はお尻の位置をずらすと、やおら運転席に手を掛けた。ホントに自分はバカだと思う。鈍感なうえに単純なのだ。ただそれだけで、十人力のパワーすら得るのだ。

「前言撤回。やっぱりお腹が空いたから、コンビニかドライブスルーで何か買いましょ。メチャクチャ体に悪そうなものが食べたくなったわ」

「え。いいんすか？　太るんじゃ」

「太らないわよ。それくらいのことで」

春菜はスマホでルート上にある店を探してみたが、コンビニしか見つけることができなかった。やがてコーイチが県境の道沿いにあるコンビニに車を入れると、春菜は仙龍が車を降りるのを待って、コーイチをつかまえた。

「お願いがあるの」

「いっすよー、なんすか？」

仙龍が店に消えるのを待って、春菜は言う。

「雷助和尚のところへ連れていってほしいんだけど」

「エロ坊主に会いたいなんて、珍しいこと言うんすね」

雷助和尚は、女好きと博打《ばくち》好きが高じて借金取りに追われ、身を隠すために山奥の廃寺に棲み着いている。寺はかつて修行僧が潜んだ場所だといい、道が狭くて春菜の運転技量では辿《たど》り着くことができないのだった。

「仙龍にナイショで行きたいの。ダメかしら?」

「社長に内緒で、っすか? それはちょっと……」

「お願い」

春菜はコーイチに両手を合わせた。コーイチは眉根《まゆね》を寄せて、首を傾げる。

「隠温羅流は忌《い》みごとを嫌うんっすよ。だから嘘はつけないんっすけど、そうでなくとも、俺は社長に憧《あこが》れてこの道へ入ったんで」

「ダメかしら。じゃあ、道だけ教えて」

コーイチは春菜が引かないことを見て取って、

「や。だから……うーん……休みの日でもいいっすか?」

と、ヘラリと笑った。

「休みにどこへ行くのも勝手っす。ただし社長に何か訊かれたら、俺は正直に答えちゃいますよ。そんでもいいっすか」

「いいわ。コーイチ、ありがとう」

隠温羅流の言い伝えどおりに、仙龍が死神に魅入られているとして、その指が仙龍の首を締め上げていく様を見続けなくてはならないとしたら、どれほどに辛いだろうか。

そんなサニワなら自分はいらない。けれどサニワを捨てられないなら、泣きながらサニワを持ち続けるのなんて、まっぴらゴメンだ。

「見てなさいよ」

春菜はついさっき目にした髑髏の記憶にそう言った。

後悔させてやるんだから。私をただのサニワと思わないことね。

「へ？　なんすか？」

「なんでもない。お腹が空いたって言っただけ」

日曜の朝に落ち合う約束をして、春菜とコーイチはコンビニへ入った。

其の四

雷助和尚　摘み草をする

日曜の朝、春菜は自宅近くのコンビニで、コーイチが迎えに来るのを待っていた。女だてらに一升瓶《いっしょうびん》を抱いて駐車場に立つのはいささか恥ずかしい気もしたが、安酒一升は雷助和尚への手土産《てみやげ》なので仕方がない。その代金を、春菜は自腹で支払った。貴重な休日を返上して付き合ってくれるコーイチにも何か用意したいと思ったが、あれこれと悩んだ結果、購入したのはコンビニブランドのタオル数枚と、車内で飲むお茶だった。もちろん自分の飲み物も用意して、こちらは相変わらずソーダであった。

約束の時刻より五分早く、コーイチはコンビニにやってきた。見慣れぬ車は鐘鋳建設のものではなくて、近頃流行のミニバンだ。コーイチのマイカーらしい。

「春菜さん、おはようございます」

コーイチは車を停めると、わざわざ降りてきて頭を下げた。

「ごめんね、休みなのに。でも、ありがとう」

コーイチは眩しそうな顔をして、

「やや、いいんっすよ。どうせ暇してるんだし」

と、ニッコリ笑った。

「嘘ばっかり。コーイチは暇するタイプじゃないわよね。休みは休みでしっかり何かをしているでしょう？　わかっているのよ。それで、これ」

コンビニ袋のままタオルを渡すと、

「なんすか？」

とコーイチは、渋い色合いのタオル五枚セットを引き出した。

「何かお礼をしたかったんだけど、ちゃんとしたものを買いに行く暇もなくって。それ、コンビニブランドなんだけど、ここのは薄くて、吸水性もよくて、すぐに乾くから重宝してるの。タオルなら、仕事で使うんじゃないかと思って」

「え、俺にっすか。わざわざ？　春菜さんが？」

コーイチは満面に笑みを浮かべると、タオルを抱いて、「嬉しいっす」と頭を下げた。

タオルでそんなに喜ばれては困ってしまう。春菜は助手席のドアを開け、「行きましょ」と、コーイチを呼んだ。

「そっすね、行きましょ行きましょ。やー、いいお天気で、よかったっすねえ」

コーイチは跳ねるように運転席に乗り込むと、春菜が抱える一升瓶を取り、腕を伸ばして後部座席に置いた。三途寺《さんずのてら》へ至る道は舗装されていないうえにジグザグなので、ビンが割れないよう両側をクッションで固定する。

コーイチは街なかのコンビニを出発し、北を目指した。

「そんで、あの後なんすけど、小林教授のところへ報告に寄ってきたんすよ。そうしたら、先生はもう、明日にでも退院できるって」

「それはよかったわ。なんだか退院が早すぎてお見舞いも渡しそびれちゃったけど」

「そっすよね。うちは棟梁がお見舞いに行って、今月いっぱい資料館を休むみたいだって言ってましたよ。小林センセ本人は、資料館より人柱の現場へ戻りたくてウズウズしているそうで、退院したら即座に猿沢地区へ行っちゃうんじゃないのかなあ」

「小林教授も懲りないというか……奥さまもご心配でしょうに」

そうは言っても、そのほうがずっと小林教授らしくはあるのだが。

「お婆さんの幽霊の話だけど、結局どういうことになったわけ？」

「まだどういうことにもなってないっす」

「それじゃどうするの？　猿沢村をほっとくの？」

「猿沢村じゃなくって猿沢地区っす。結局、小林教授のせいで、社長が関わったことが棟梁にバレちゃったんっすよ。んでも棟梁は事態が動くのを待つしかないって言ってましたけど。あんまり怒ってなかったっすね。まあ、小林教授には、うちも助けてもらっているわけだから」

「事態が動くって？　どう動くのよ」

「さあ、それは……」

綱取りごときにはわからねえっす、と、コーイチはヘラヘラ答えた。

車は市街地を抜け出して、千曲川《ちくま》に沿って北上する。日当たりのよい河川敷《かせんじき》には菜の花が咲き、冬枯れた草の下から若芽も萌えて、大地が生まれ変わろうとしているかのようだ。凍った土中で冬を堪え忍んでいた植物たちが一斉に芽吹き出す力強い季節。コーイチの隣で景色を見ながら春の息吹きを感じていると、春菜のスマホに着信があった。

「誰かしら?」

休日に見慣れぬ番号から着信があると、妙な勧誘かと疑ってしまう。春菜は窓側に体を傾けて電話を取った。

「はい。高沢ですが」

「あのう……わたくしは、南鞍寺の綿貫《わたぬき》と申す者ですが」

「ご住職?」

春菜は思わず背筋を伸ばして、コーイチを振り向いた。

確かに名刺は渡してきたが、自分に連絡が来るとは思ってもいなかったのだ。

「突然お電話申し上げましたのは、頂戴したお名刺に、御社の業務内容が書かれていたからでして……ちょっとホームページも拝見いたしましたら、高沢さんの会社では文化施設に関する企画から、展示なども手掛けていらっしゃるそうですね」

「はい、もちろんです。もともと小林先生とも、そちらのご縁で……」

「そこで、ちょっとご相談したいことがありまして」

住職の話では、調査終了後に遺骨をどうするべきかと、地区の者たちが思案しているということだった。

「先日、高沢さんたちがお見えになったときにも少しお話ししましたが、ご遺骨はお堂を建ててお祀りするにしましても、土地の手だけではなんとも心許なく」

つまりは予算のことを言うのだろう。

「内山さんが言うには、様々の文化施設に造詣《ぞうけい》が深い高沢さんなら、某かのお知恵をお持ちではないかと」

「地区の文化財として登録申請をお考えですか?」

「平たく言うとそうなりますか。今は気運が盛り上がって、よい噂も悪い噂も様々に飛び交っておりますが、何ぶんにも地域の固めとなって亡くなったありがたい人柱ですし、ご遺骨が信仰の対象となって参りますと、一時の気運だけではどうすることもできません。長く土地でお祀りすることになるわけですから」

受注のチャンス到来ではないかと春菜は思った。

「そういえば、地滑りについても知見を広めようというお考えがあるそうですね」

「そちらは砂防事務所の所長さんがですね。伝承どおりに人柱が出たことに感動して、地滑りの資料館を作れないだろうかというような話をしていましたが……」

「やり方はいろいろありますが、予算や、規模や……一番は、長く運営していけるかどうかが大切になっていくと思うので、よろしければ私がお話しに参りましょうか？」

「そうしていただけるとありがたいのですが、何ぶんにも決まった話ではないわけで、せっかくご足労いただいても、無駄足になってしまうかもしれません」

「かまいません。お声をかけていただけたことがありがたいので。ちなみに、弊社は個人が運営するような小さい博物館にも実績がありますから、それらの資料をまとめてお持ちいたします。資料をご覧になれば、どの程度の展示にどの程度の予算がかかるか、おわかりになると思います。あと、文化財の登録申請につきましては小林先生がお詳しいので、私からその旨をお伝えして、こちらもお話を聞いていきますね」

それはありがたいと住職は言い、こう付け加えた。

「いずれにしても、ザルガメが埋まっていた場所にお堂を建てるのは困難でして。ご存じのとおり、土地が滑り続けておりますし、斜面ですしね。まあ、幸いこのあたりには、空いている土地がいくらでもありますから」

「そうですね……ああ、それなら、史跡を中心に、街ぐるみ何年かかけて景観を整備した例もありますから、そちらの資料もお持ちしますね」

日時を打ち合わせて電話を切ると、感心したようにコーイチが振り向いた。

「やっぱ春菜さん、さすがっすねえ。デキる女感バリバリで、憧れるっす」

「私なんか、井之上部局長に比べたら、まだまだよ」

春菜は早速スマホのアプリに住職と打ち合わせる時間をメモした。

「自治会が絡む仕事って、打ち合わせがすごく大変なのよ。窓口が多いというか、こうだと決める人がいないから、みんなそれぞれに好きなことを言い合って、結局何も決まらないのよね……いっそ部局長に話をして、一緒に行ってもらおうかなあ」

「春菜さんでも大変なんすか」

「うん……ああそうだ。これ」

春菜はコンビニで仕入れたお茶のキャップを開けて、コーイチに渡した。

「ごちそうさまっす」

自分もソーダを飲みつつ、「悔しいけれど」と、外を見る。

「若い女の営業って、クライアントを不安にさせてしまうのよね。猿沢地区みたいに高齢の重鎮が揃っている場合は特に。若くて女でもそれなりに経験はあるつもりなんだけど、なぜか言葉が軽く受け取られちゃう。だから資料をきちんと作って、実績で信用してもらうしかないの。小林教授に会って、あの土地のことを勉強してから行かなくちゃ」

「井之上さんが一緒だと、そういうところもうまくいっちゃうわけっすか？」

「部局長はうまいのよ」

春菜はソーダをゴクゴク飲んだ。

「あんな感じで、いつも飄々《ひょうひょう》としてるでしょ？　偉ぶったところがちっともないし、わからないとか、難しいとか、できるかなあとか、クライアントにも平気で言っちゃうし、それなのに仕事はビシバシ決めるのよ。あれが不思議で仕方がないの。何か難問を抱えてきても、業者さんと飲んで騒いでいるだけで、いつの間にか解決しちゃう」

「今頃クシャミしてますよ」

コーイチが笑う。

「部局長って、見た目も業界人ぽいじゃない？　それに……たぶん仕事が大好きなのよね。困難な案件ほど燃えるタイプね。あとは人脈かなあ。謎の人物、その一だわ」

「謎なんすかねえ。春菜さんと似てんじゃないかと思うっすけど」

「そうかなあ……私にも部局長みたいな柔軟さがあれば、もっとスムーズに仕事ができるのかもしれないけど……まだまだなのよ」

いつの間にか幹線道を離れて、車は山に入っていく。

さっきまでは田舎の長閑な風景が続いていたが、山道に入ると、とたんに景色が見えなくなった。道の両側が森や林で、ようやく芽吹き始めた木々の隙間に、色褪《いろあ》せたクマザサが茂っている。さらに舗装道路から林道へ分け入ると、やはりコーイチに来てもらってよかったと春菜は思った。こんな道では、どこで熊《くま》やカモシカに遭遇してもおかしくない。手入れが行き届いていない道はゆっくり進まないと落石に乗り上げてしまいそうだし、事実、何度かは車を止めて石をどかした。手伝おうかと思ったが、春菜の力ではどうにも石が動かない。コーイチはヘラヘラしながら簡単に石をどけるというのに。

「やっぱ春菜さん独りじゃムリでしたねえ。一緒に来てよかったっす」

「言い出したら聞かないから、時間を作ってくれたのよね」

「やあ。それもあるっすけど、ちょっとデート気分で、嬉しいかなあって」

ホントいいヤツ。

春菜はそう思ったが、黙っていた。

やがて杉林の奥に三途寺が見えてきた。三途寺というのは雷助和尚が勝手につけた名前だが、廃寺になる前は由緒正しき禅寺で、多くの修行僧がいたという。こんな山奥にあるというのに、本堂の屋根は銀瓦葺《ぎんがわらぶ》きで、一直線に森を切り取っている。遠目に見れば今も威厳《いげん》ある佇まいだが、近づくにつれ、その寂れ方は隠しようもなくなってくる。

右も左も後ろも山で、正面すら山に埋もれつつ、枯れ草と石ころが乱れる古い敷地に、廃車置き場から拾ってきたような軽トラックと、スーパーカブが停まっている。これがあるのは、和尚が寺にいる証拠だ。

コーイチは、スーパーカブの隣に車を停めた。

いつ来ても化け猫が出そうな寺である。かつては立派な構えだったであろう山門は、積雪のせいでさらにひしゃげて、前に来たときは斜めだった扉が、今は地面にうっちゃってある。願成院湧禅寺《がんしょういんゆうぜんじ》と書かれた扁額《へんがく》も風雨にさらされ、傾いて、すでに風前《ふうぜん》の灯火《ともしび》だ。こんな化け寺に人が住んでいるなんて、借金取りでも思うまい。

苔生《こけむ》す石段を上がって山門をくぐり、境内に入ると、草ボウボウだった境内は、雪で萎《しお》れた枯れ草が地面に倒れて、斑《まだら》模様になっていた。まだ雪の匂いがする。

「こんにちはー」

声をかけながらコーイチが行く。前に来たのは夏だったから、本堂の扉を開け放った中に下着姿の和尚がごろ寝していたが、さすがにまだ寒いので、扉は固く閉ざされている。本堂の隣に庫裡があり、コーイチはそちらへ行って潜《くぐ》り戸を開けた。

盗《と》られるものなど何もないと和尚が言うとおり、どこにも鍵が掛かっていない。コーイチは潜り戸に上半身を突っ込んで、

「ちーっす。俺っすよー、鐘鋳建設のコーイチっすけど」

と、呼ばわった。

「あれぇ……変っすねえ。軽トラもカブもあったっすもんね」

「いないの？」

一升瓶を抱えて春菜が訊く。

「留守みたいっすね。変だなあ。さては借金取りにつかまって、どっかに埋められてるとかっすかねえ」

コーイチは庫裡を出て本堂のまわりを捜し始めた。

「厭なこと言わないでよ」

春菜もなんだか心配になる。

「和尚ーっ、雷助和尚ー」

ところが、春菜が大声で名前を呼ぶと、

「おう。ここじゃ、ここじゃ」

どこかで和尚の声がした。

建物ではなく裏山からだ。まだ葉のない山に目を凝らすと、斜面に動くものがある。綿シャツ姿に長靴を履いて、笊《ざる》を抱えた雷助和尚が、斜面を下ってくるところであった。

「なにしてんすか」

待つこと数分。ようやく境内へ下りてきた雷助和尚は、笊一杯に草のようなものを摘んでいた。

「春は恵みの季節じゃでな。それをいただかずにどうするか。セリ、蓬《よもぎ》、蕗《ふき》の薹《とう》、あまゆり、うるい、山わさび、のびる……コゴミとタラの芽にはまだ早いがの」

「それ、食べられるの？」

信州の春は確かに山菜の季節だが、春菜は、好んで食べようとは思わない。地元の飲食店では春先から初夏にかけて様々な山菜メニューが並ぶけれど、それは観光客が珍しがって食べるものだという認識がある。

「莫迦を言うでない。極寒の冬を堪え忍び……」

雷助和尚は春菜を見て、一瞬だけ言葉を切った。

「娘子《むすめご》よ。どこへ行ってきた」

「どこへって？」

いや、と和尚は俯いて、言いかけた言葉の続きを語る。

「……今まさに芽を出さんとする生命力の塊《かたまり》ぞ、山菜はのう。それを食さずになんとする」

「俺は好きっすよ。うちは祖母《ばあ》ちゃんがいるもんで、ふきったまの天ぷらが食卓に上がると、春が来たなって思うっすもん」

「蕗の薹って苦いじゃないの」

「そこがいいんっすよ」

「喰うてみるかの？」

和尚は春菜を見て言った。

「料理の仕方を知らないわ」

「ときにその般若湯《はんにゃとう》は、拙僧への手土産と見たが、違うのか？」

春菜は一升瓶を抱く手に力を込めた。

「そのつもりだけど、ただ持ってきたわけじゃないわ」

「ほうほう……相変わらず抜け目がない。まあ、それが娘子の可愛らしさよ」

和尚は笊を抱えて庫裡へ入り、

「手伝えコーイチ」

と、コーイチを呼んだ。

「いっすよー」

コーイチが庫裡へ飛び込んでわずか数分後。二人は七輪と鍋と山菜を抱えて庭に出てきた。和尚は本堂の濡れ縁に春菜を座らせ、その手前に七輪を置いて炭を熾《おこ》した。火の上に鍋を置き、油を熱して小麦粉を溶き、摘んできた山菜を天ぷらに揚げる。

ほんのわずかな間に、境内は香ばしい薫りに包まれた。黄金色の油に踊る春の恵みは、目にも緑が鮮やかで、「旨そうっすねえ」と、待ち切れなそうにコーイチが言う。

和尚はコーイチにクマザサの葉っぱを採ってこさせて、揚げたての蓬をその上に載せた。

「喰うてみよ」

春菜は一升瓶を脇に置き、熱々の蓬を指でつまんだ。和尚の揚げた天ぷらは衣がサクサクカリカリしていて、蓬の香気立つ絶品だった。

「うわ美味しい。草なのに、こんなに美味しいんだ、知らなかった。私、山菜をバカにしていたわ」

驚いて春菜が言うと、和尚は笑った。

「その草ごときに、人はなかなか勝てぬものよの。ただ生え出るばかりが、こうも娘子を喜ばせるわけだからして」

和尚は次々に天ぷらを揚げながら、春菜とコーイチに振る舞った。

「酒一升。お土産に持ってきたから呑んでちょうだい。せっかくおつまみがあるんだし」

春菜はついに一升瓶を和尚に渡した。

「かたじけない。春の恵みと間水《けんずい》と」

そう言いながらも、和尚は酒を飲まなかった。

「ときに、娘子が破れ寺《やでら》まで来たのはどういうわけか。見れば仙龍もおらぬようだが」

揚げ終わった鍋を地面に置いて、蕗の薹をつまみながら和尚は訊いた。春菜もまた、手のひらに載せていたクマザサの葉を濡れ縁に置いた。

風が吹いて、笹《ささ》の葉を素早くさらっていく。

「仙龍のことなの」

と、春菜は言った。

「いつだったか……和尚は私に言ったわよね？　隠温羅流の導師は本厄で寿命を迎えるけれど、六道の因縁を切ることができれば、もしかして、宿命から解放されるかもしれないって」

「はて。そんなことを申したやら」

「申したわよ。忘れたとは言わせない。ハッキリ言った、私に言ったわ」

「春菜さん、なんかムキになってるっすよ？」

細長いのびるの茎を噛みかけたまま、驚いたようにコーイチが言う。

「ふうむ……さては仙龍に何かあったか？　申してみよ」

春菜は俯いて自分の膝を見つめ、目にした光景を頭の中に思い描いた。

「この前、仙龍に頼まれて、排水管が詰まった家に行ったのよ。そうしたら、天井裏に女の人の髪の毛があって……仙龍がそれを燃やしたんだけど」

「フルタツコンビの現場だったんすよ。旦那さんの愛人さんが髪の毛を隠していて」

「女の執念は凄《すさ》まじいからのう。くわばらくわばら」

「その後なの。私、見たの」

燃えた髪から地面に黒い影が落ち、それが仙龍に絡みつくのを見たのだと、春菜は和尚に訴えた。

「そのときは気のせいかとも思ったんだけど、その後にまた、影を見たの。鎖のようにつながって、仙龍の足に絡みついていた。もしかして、あれがどんどん重なって、隠温羅流の導師を引き込んでしまうんじゃないのかなって」

コーイチは「うひーっ」と悲鳴を上げた。

「だから社長に内緒にしておきたかったんっすね？」

「そうなの」

春菜はコーイチに頷いた。

「もしかして、あの鎖を断ち切ることができたなら、仙龍は生き続けられるんじゃないかしら。仙龍だけじゃなく、今後導師を継ぐ人たちも」

「ふむぅ」

和尚は腕組みをして春菜を見た。

「隠温羅流導師の因を切ることは、様々に試した跡があるでな。ひとつ、隠温羅流の血を引かぬ者を導師に据えたが、やはり本厄の年に死んだという。ひとつ、本厄を過ぎた者を導師に迎えようとしたが、儀式の前に死んだという。ひとつ、生まれた歳を一年ずらして、本厄をやり過ごそうとした者がいたが、定めの年に死んだという」

「いろいろやってみたんっすねえ」

「左様。しかし効果を得ることはなく、昇龍の先々代あたりからは、宿命として受け入れてきたと聞いておる。仙龍もまた、同じ思いでおるはずだがな」

「私は厭なの」

「ほう」

雷助和尚はニヤニヤ笑った。

「いじましくもけなげなことよ」

「褒めてるの、貶《けな》してるの？」

「宿命には逆《さか》らえんが、運命は変えられよう。はて、隠温羅流の寿命はどちらであるか」

「あとね、この前見たときは、背中に骸骨が乗っかっていたの」

春菜はそう言って、

「南鞍寺へ行ったときよ。コーイチが駐車場へ車を取りに行ったとき、仙龍の影に骸骨の影がへばりついているのを見たの」

と、コーイチを見た。

「まじスか。あんときに？　ひぇ〜」

「ふむう……骸骨とな……それは聞き捨てならんわい」

和尚はくわっと両目を開けた。

剃《そ》り上げた頭も顔も、それぞれに無精な毛を生やした和尚は、大きく目を開けると入道のような面相になる。ヤクザな借金取りも逃げ出すような顔つきだ。

「南鞍寺とはどういう寺か。詳しく話せ」

そこで春菜とコーイチは、地滑りを止めるために人柱となった伝説の坊さんが、ザルガメから出てきた話をした。発端は小林教授が脚立から落ちたことであり、その現場では、けが人や病人が相次いで、老婆の幽霊が現れるという噂があると。

「春菜さんがお婆さんの幽霊を見たとき、それが社長に負ぶさったみたいで、ガックンと膝を折ったんす。墓石を載せられたような重さだったって」

「家墓から幽霊がのう」

「お墓の持ち主から話を聞いたんだけど、お婆さんには心当たりがないみたいで」

和尚は春菜の顔をじっと見た。

「娘子は、その婆さんを見たのであろうな」

「見たわ。それに、話したし」

「コーイチ」

和尚はまたコーイチを呼ぶと、長靴を履いた足で地面の枯れ草を蹴り始めた。

「ちょっと棒を拾ってこい」

「棒っすか？　何にするんすか」

「地面に絵を描くためだ。娘子が見たという老婆のな」

「わかったっす」

コーイチは猿のような身軽さで飛んでゆき、間もなく手頃な枝を拾って戻ってきた。その頃には、和尚は地面に絵を描く場所を確保していた。

「先ず服装からじゃ。着物だったかの？」

春菜は濡れ縁を下りて地面に立った。和尚の足下をじっと見て、老婆の姿を思い出す。

「着物だったわ。なんというか……白がくすんだ感じの、薄茶色をした短い着物。膝丈くらいの」

「ふむふむ」

和尚はそう言って頷くだけで、土に棒きれで絵を描くのはコーイチだ。

「あと、草履を履いてたわ。裸足で、随分汚れていた」

コーイチは剝き出しの臑《すね》と草履を描いた。

「頭に手拭いみたいな布を巻いてた」

「姉さん被りか、鉢巻きか」

「……浦島太郎に出てくる村人みたいな感じといえばいいか」

「抹額《まっこう》すかね?」

「なに？　マッコウって」

「汗止めや、髪の乱れを防ぐために頭に巻いた布帛《ふはく》のことっす。鉢巻きとかカツラとか、巻き方もいろいろで、最も原始的な被り物ともいえるんすよね。俺たちが現場で巻いてるタオルもっすけど、そのルーツってゆーか」

コーイチは額から上を布で覆った顔を描いた。

「どうすか？」

春菜は描かれた絵を眺め、何かが違うと考えていた。

「いいけど、少し違うような……」

もうし……そう呼ばれたときのことを思い出してみる。

「そうだ。エプロンみたいな布をしていたわ。腰のあたりに」

「前掛けっすかね」

「後ろにもぐるっとある感じの、柄《がら》つきの、濃い色の」

「あー」

コーイチは腰のあたりに四角を書き足し、そして、

「掛け湯巻きかなあ」

と、腕組みをした。線だけで描かれた人物像だが、鮮明でないから余計に、あの晩の老婆を思わせる。自分で言った言葉だけれど、確かに浦島太郎に出てきそうなイメージだ。

「そうよ。こんな感じの服装だったわ」

「摩訶不思議《まかふしぎ》なことよのう……姿形からして今どきの御仁とは思えんが」

「大昔に亡くなったお婆さんなんすかね」

「人柱ゆかりの婦人かもしれんな。人柱になった坊主の御母堂とかのう」

春菜はパッと顔を上げた。

「鎌倉時代の幽霊だというの？　そうか、もしかしてお母さん……だからお寺さんへ行き

たいと言ったのかしら。お坊さんの遺骨が運ばれた南鞍寺へ」

「かもしれぬ」

「てことはなんすか？　あの場所から遺体が掘り出されちゃったから、南鞍寺へ行こうとしてるってことすか」

「歳をとって歩けないから背負っていってほしいって」

「でも、それを繰り返しているんすよね？　お婆さんの幽霊は、道を教えても南鞍寺へは訪ねてこないわけだから」

「確かにそうよね。一度は仙龍の背中に乗ったのに、どうして降りてしまったのかしら」

「重すぎて歩けないからっすかねえ？　墓石みたいに重かったって言ってましたもんね。もしかして、それでも歩けるほど怪力な人が、南鞍寺まで幽霊を背負っていったら、それで満足して出てこなくなるとかっすかね」

「ふうむ……面妖《めんよう》なことよのう」

雷助和尚は首を捻った。

「人柱になったのは旅の修行僧だと言わなかったか」

「そっすよ。諸国を行脚していたみたいすよ。下半身の骨が発達してたって」

「伝承では信濃から久々野峠を越えてきたと」

「久々野峠か。幽霊がご母堂だったとして、足腰の悪い老婆に越せる峠とも思えんが」

「だから背負ってほしいと言うのかしら」

「やー。どうっすかねえ。でも、峠越えできないなら、お坊さんのお母さんじゃないってことなんすかねえ。それとも、魂だけが峠越えして息子のところへ来たのかな」

コーイチも首を傾げた。

「魂で峠を越えたのに、お寺まで行けないというのはおかしいわ」

「あー、もう、わかんないことばっかりっすね。ただ、お婆さんが人柱と同じ時代の人だってのは、間違ってないような気がするっす」

「その場所は墓場だったと言っておらなんだか」

「土地の持ち主の内山さんという人の話だと、明治くらいまでは墓場だったって」

「そこに埋まってたお婆さんなんすかね。でも、なんで今頃出てきたのかな」

「地滑りで地下が動いたからかしら？　丘全体が滑ったために、土中の遺骨がどうにかしたとか、封印してあった何かがずり落ちたとか」

雷助和尚は腕を組み、

「いずれにしても、早急に謎を解く必要がある」

と、断言した。

「その老婆は死霊ぞ。しかも骸骨の姿をしていたとなれば、生きた人間を引き込む強力な死霊だ。それが憑《つ》いたは一大事」

「死霊……って」

春菜はかつて商家の死霊と対峙《たいじ》したことがある。あのときのおぞましさ、文字どおり血も凍るほどの寒さと恐怖。記憶が一気に蘇《よみがえ》って、寒気がした。

「早々に封じなければ誰かが死ぬる。人柱に関わった誰かがのぅ」

「仙龍が死ぬっていうの？　四十二を待たずに」

「仙龍を含め、その周囲の者たちじゃ。死霊は憑きやすい者から引き込むでな」

「ひゃー……んじゃ、どうすればいいんすか」

和尚は春菜に視線を注いだ。

「事は緊急を要するわい。おぬしらは、それとは知らず、まずいものに関わったのだ」

「まずいものと言われても、やっぱり人柱しか思い浮かばない。それか、あの髪の毛か」

「どっちなんすか」

コーイチは蒼白になっている。

「どう転んでも仙龍に話をするのが早かろう。案ずるな。あれは背中に死霊が乗ったくらいでおたおたするような男ではないゆえ」

でも春菜は、仙龍が恐怖を感じると話すのを聞いた。自分の背中に死霊が乗っていると知ったなら、誰だって怖いはずだ。

「のう、娘子よ」

雷助和尚は腕を解き、下がった股引《ももひき》をずり上げた。

「儂だとて仙龍を救いたい気持ちは山々なれど、それは自然の流れとは違うのやもしれぬ。隠温羅流は因に関わる宿命で、好むと好まざるとにかかわらず、因に呼ばれるものゆえな――」

「あのね和尚。そういう話をしたいんじゃないの。ダメだって結論じゃなく、なんとかできる可能性の話をしたいのよ」

「ほう」

と和尚は片方の眉を上げて春菜を見た。

「世の理《ことわり》に逆らうと申すか。気丈なことよの」

「そんなこと言ってるわけじゃないんだけど。だって和尚は何年生きてるの？　棟梁は？　人間なんてせいぜい生きても百年じゃない。世の理の、ほんの一部しか知らないじゃない。因縁には浄化のタイミングがあるんでしょ？　導師の因縁にだって浄化されるタイミングがあって、それが今かもしれないじゃない」

「ほほほ」

と、和尚は奇妙に笑い、

「そこよ。それ、浄化の理由よ」

と腹のあたりを掻いた。

「娘子よ。仙龍を救いたい理由は何ぞ？　おぬしの都合か、情ゆえか？　因と縁とは関わり合うもの。悪縁を切るには仙龍が己の因を切らねばならぬが、導師たる者、都合や情で心は動かぬ。隠温羅流導師はみな同じ。恐ろしい因縁であればあるほど奮い立つゆえ」

「じゃあ教えてよ。どうすればいいの」

「それがわかれば苦労はないわい」

「あーもう面倒臭い。歯がゆいったら」

春菜は両手を拳に握った。

「じゃ、ハッキリ聞くけど、今回は関わるべき？　逃げるべき？」

「すでに死霊が憑いたとなれば、この縁からは逃れられまい」

「ほら、やっぱりそうなるんじゃないの」

春菜はぷんっと頬を膨らませた。

「そうしてまた仙龍に、鎖がひとつつながっちゃうのよ」

言いながら、今度は泣きたくなってきた。

「私……今まではお伽話《とぎばなし》を聞くみたいに漠然と、仙龍の寿命について考えていたの。でも、あんなふうに、ひとつずつ鎖がつながれていくってわかったら、何かせずにはいられない。ひとつ祓えばひとつずつ、鎖はつながっていくんでしょ？　そして、たぶん、厄年が来て、鎖に引っ張られて落ちていくのよ。あんなものにつながれていたら、死んでも成仏できないわ。墜《お》ちていくのは奈落《ならく》の底よ」

「だから彼らは信心深い。法要、供養を欠かさぬでなあ」

「それじゃダメなの、生臭坊主！」

春菜は和尚に食ってかかった。

「和尚は鐘鋳建設さんと長いお付き合いでしょ、鎖の話を聞いたことはないの？　誰かが話していなかった？　導師に絡む鎖の話を。私のほかにもあれを見た人が……同じことを考えたサニワがいなかった？」

和尚はゆっくり頭を振った。

「初耳じゃのう」

そんな……。

春菜はギュッと唇を噛んだ。

勇んで寺へ来たものの、雷助和尚にそう言われてしまったら、心は千々に砕け散る。やっぱり打つ手はないのだろうか。仙龍の鎖が増していくのを、じっと見守るしかないのだろうか。それならいっそ、あんなもの見なけりゃよかった。いっそ何も知らなかったら、厄年の偶然なんか信じなかった。信じないでいられたのに。

「因も縁も物体じゃないっすもんねえ。見えないものを相手にするのは難しいっすよ」

コーイチがしみじみと言う。

それが導師の本命なのだと、仙龍の寿命を受け入れようとしてみても、やっぱり春菜は諦め切れない。鎖の影を見たことの、よい理由だけを必死に探す。

「やっぱり私、納得できない」

春菜はコーイチと、和尚を見た。

「今まで誰も黒い鎖を見なかったけど、私がそれを見たのなら、吉兆なのかもしれないじゃない。見えないものと闘うのは難しいけど、私には鎖が見えるんだから、断ち切る方法だってわかるかもしれないじゃない」

「どこまでも前向きよのう」

和尚は相好を崩して笑った。

「よかろう。前向きな者には前向きな運が寄るものだ。仙龍は頼りがいのあるサニワを手に入れたわい」

まだ手に入れられてませんけど。

と、春菜は思ったが、和尚にそう言われて悪い気はしなかった。珠青は妊娠で力を失ったという。自分がサニワをやらなかったら、誰が仙龍を救うのか。

「ではの。酒一升に免じて、儂も人柱とやらを拝みに参ろう」

「え？　今からまた、あの丘へ行くんすか？」

「すぐにとは言わぬ。小林教授の助けも必要になろう。先ずは土地の由来を調べて、死霊

「土地の由来って、小林教授にわかるのかしら」

どうせ文化財登録の件で教授のところへは行くつもりでいた。

「老婆が大昔の人物なれば、そう簡単にはわかるまい。だが、土地に人柱の伝承が残っていたことからしても、文献が見つかる可能性はある。のう、コーイチ」

コーイチは眉根を寄せた。

「あー……そうっか……そうすね。地滑りに関する当時の資料が残されているかもしれないっす。役人の記録とか、村長《むらおさ》の日次《ひなみ》とか」

「日次ってなに？」

「今でいうなら日記みたいなものっすよ」

「わかりそう？」

「南鞍寺のご住職は、いつ頃からあそこにいるんすかね？　お寺さんだったら過去帳を調べるとかして、そのへんのこともわかるんじゃないのかな。戒名《かいみょう》を見るのもいいっすよね。戒名には生前の行いが記されるから、文とか法とかを戒名に持つ人の子孫を訪ねれば、古記録が出てくるかもしれないし……いずれにしても、そのあたりのことはセンセに聞くのが早いっすよね。小林教授はオタク気質だから、すでにアンテナ張ってるかもしれないし、学者さんのネットワークを持ってますから」

「未憐寺って地名が残っているわけだから、あの場所は原野山林じゃなかったわけよね。土地のルーツを調べたら、ヒントが見つかるかもしれないわ」

「ときに娘子よ」

雷助和尚は天ぷらになり損《そこ》ねた蓬の若芽を紙に包むと、それを春菜に手渡した。

「なにこれ？」

「魔除けに持っておるがよい」

「魔除け？　葉っぱが？」

「左様。春の新芽は生気が濃いでの。死霊はそれに敵うまい」

春菜はコーイチの顔色を窺ってみたが、コーイチがもっともらしく頷いたので、それをスマホケースに挟んだ。

「では、連絡をな」

和尚はそう言って春菜を先に行かせ、一緒に戻ろうとしたコーイチを呼び止めた。

「よく聞けコーイチ。娘子に、死相が浮かんでおるわ」

「へ？」

シーッと和尚はコーイチを睨む。

「骸骨は、仙龍ではなく娘子に憑いたのじゃ。仙龍の背中から己を狙っておるのを見たのであろう。このままだと、ひと月はもたぬ。早急に連絡を寄こせと仙龍に伝えよ」

何も知らずに、春菜はどんどん先へ行く。

「まじスか」

コーイチは怯えた顔で春菜を見た。その背中に何かが憑いているのだとしても、コーイチの目には見えない。

「早いところ死霊の正体を探れ。娘子が憑き殺されぬうちに」

カアア、カアア、と鳴きながら、杉林の上を烏が通る。春菜は呑気《のんき》に足を止め、

「コーイチ、行くわよ」

と、振り返る。

「急げよ」

雷助和尚は低く命令し、コーイチの尻をポンと叩いた。

其の五

春菜　死霊に憑かれる

和尚の天ぷらだけで食事もせずに、春菜とコーイチはそのまま別れた。

春菜は南鞍寺の住職に会うためにプランをまとめなければならなかったし、コーイチで和尚の話を仙龍に伝えなければならなかったからだ。やるべきことは違っても、老婆がらみの因縁を解きたい思いは一緒である。休日にもかかわらず、その足で春菜は会社へ向かった。

広告代理店のオフィスには、休日でも誰かしかが出勤してくる。会えるかと期待した井之上部局長は休んでいたが、春菜は打ち合わせ用テーブルを独占して、アーキテクツが過去に関わった展示プランを書類にまとめた。各プランの概略予算をはじき出し、ついでにザックリとした企画も作っておこうと考えたものの、やはりそれは先方の意向を聞いてからにしようと思い直した。

すべてが終わると夕方で、春菜は書類を自分のデスクに載せて会社を出た。また休みを返上してしまったが仕方ない。正直なところ、デートの相手も、遊んでくれる女友だちもいないので、あまり損した感じがしない。女友だちの多くは結婚して子育ての真っ最中で、たとえ会っても、公園デビューとか、ママ友談義とか、春菜の知らない世界の話題にはついていけない。子供は嫌いじゃないけれど、仕事の数倍大変だという子育ての話を聞くと、自分の出る幕はないと思えて、いつしか疎遠になっていた。

「ラーメン食べて帰ろうかなあ……」

次々に明かりが灯る看板を眺めて呟いたものの、なぜだか今日は、独りで飲食店に入るのが侘《わび》しく思えた。

帰り道でスーパーに寄り、惣菜《そうざい》コーナーでマリネを選び、焼くだけでいいチキンとフランスパンとテーブルワインを買って帰った。ワインを冷やして風呂を沸かし、ゆっくり湯船に浸《つ》かってから、バスローブ姿でチキンを焼いた。大皿に盛り付けてリビングへ運び、ニュースを観ながらワインを飲んで、そしてやっぱり、なんだか寂しい夜だと思った。

日中はあんなに晴れていたのに、窓ガラスを雨が叩く音がする。カーテンの隙間から覗いてみると、街灯の明かりに雨粒が白く光っていた。

スマホのアプリで明日の予定を確認し、春菜は早々に眠りについた。

雨だった。

薄暗がりのなか、地面がしっとり濡れていた。風が吹いて、木が揺れた。裸足のつま先が冷え、踝《くるぶし》から先の感覚がない。未憐寺の丘の中ほどに、春菜は立っていたのだった。匂いがした。風が運んでくる濁《にご》った土の匂いだった。目の前にあるのは地滑り跡で、すでに草が生え始めている。ひと組の土器が地面に置かれ、水と飯が盛られていた。なぜこんなところにいるのだろうと思ったが、心と体は一体ではなく、春菜は土で汚れた自分の足を、俯瞰《ふかん》する気分で見守っていた。冷たくて、あまりに寒い。ひざまずいて土器のそばに花を置く。無彩色の風景のなか、花だけが色を持っていた。野に咲くような小さな花だ。シロツメクサのようなかたちの赤い花、蓮華草《れんげそう》のようだった。

次に見えたのは、合掌する自分の手だ。

違和感がある。指先が太く、関節が節くれ立っているのだった。雨は容赦なく体に降って、臑のあたりが冷たくてならない。合わせた手にも雨が当たって、指先から凍っていくように思えた。どうしてこんな雨の中、私は合掌しているのだろう。

考えるうちに、これは自分ではないと、春菜は気づいた。

自分ではない誰かなのだ。その者が地面に向かって合掌している。

刹那、春菜の意識は肉体に返り、金縛りに遭っているのを知った。

――どけろ……どけろ……――

頭の奥で声がする。叩きつけるような雨音に混じって、枕の中から聞こえてくる。

まずい。と、春菜は恐怖を感じた。目を開けようにも瞼は動かず、魂が体から抜け墜ちていくようだ。夢で感じた寒さはそのままに、掛け布団がずれて、膝から下が剝き出しになっていた。その足首を、何者かがむんずと摑んだ。湿った枯れ枝のような指だった。

——蓬を……どけろ……——

呟きながら、ずり上がってくる。

うそ、なんで？

春菜は必死にもがいたが、体は泥のように動かない。叫ぼうにも、声すら出ない。

——……もどせ……かやせ……——

足下にいる何かは次第に重みを持って、春菜の体にのしかかってくる。冷たくて、濡れている。うそ……何なの？　どうすればいいの……

指一本。せめて指先一本動けば、金縛りは解けると思った。動かない体に抗《あらが》う間にも、何かは胸に這い上がってくる。重さで胃が潰される。魂がベッドの下に引き込まれていく。だめだめだめ。春菜は自分を励ました。負けちゃダメ、動いて春菜、動くのよ。

それでも指は動かない。口も、鼻もだ。息が苦しい。

——……もどせ……かやせ……してくりょう……おれに返してくりょう……——

凍った干物のような臭いがした。冷たく湿って悲しい臭い。死人の臭いだ。

もうだめだと思ったとき、なぜかそれは動きを止めた。骨張った手が胸のあたりを摑んでいる。摑みながら指を動かすものの、そこから上がってこられずにいる。

春菜は瞼に全霊を傾け、力を込めて目を開けた。すると老婆の顔があった。抹額がずり落ちて白髪を乱し、両目を見開いて春菜を見ている。憎悪のこもった眼差しと、真っ黒で歯のない口が眼前にある。

「いやああああああっ！」

大声で叫んだとたん体が動いた。春菜はベッドに跳ね起きて、枕を摑んで床に落ちた。その瞬間、枕元に置いたスマホから、白い紙がこぼれてきた。雷助和尚がくれた蓬であった。咄嗟にそれを拾い上げ、抱きしめた。ベッドの上に老婆はいない。心臓がドキドキ躍り、手も足も凍えていた。部屋の空気があまりに冷えて、なぜかカーテンが揺れていた。這うようにしてスマホを拾い、ライトを点けて、老婆が潜んでいそうな場所を照らしてみた。お尻で床をこすりながら壁まで行くと、背中を壁につけて立ち上がり、そしてようやく、明かりを点けた。

「やだ……なに……？」

室内に怪しい者はいなかったが、春菜のベッドに汚れがあった。

恐る恐る近づいて見ると、掛け布団が濡れていて、その場所に土がついていた。

「嘘でしょ」

指先で触れると本物の土だ。夢の中から出てきたように濡れている。

嗅ぐと、凍った干物の臭いがした。

蓬と枕を盾のように抱きしめて、春菜は独りで途方に暮れた。

「どうした、高沢。具合でも悪いのか？」

翌朝出勤した春菜に、部局長の井之上が訊いた。

「別に大したことありません。寝不足なだけなので」

バッグをデスクの足下に置き、春菜はコーヒーサーバーへ向かった。砂糖を三つ、ミルクをふたつカップに入れて、そこに熱いコーヒーを注ぐ。

井之上に言われるまでもなく、酷い顔だとわかっていた。目の下にクマができ、ファンデーションのノリは最悪で、化粧が浮いてしまっているし、唇は青白く、誰にも見せたくない顔だ。今日は南鞍寺へ行かなければならないというのに。

「寝不足なだけって顔じゃないぞ。どうしたんだ」

「どうしたもこうしたも……」

言いかけて、春菜はコーヒーをゆっくり飲んだ。

落ち着け。先ず、落ち着こう。土は知らないうちに現場から持ち帰ってしまったのかもしれないし、ベッドが濡れていたのだって、髪が濡れていたせいかもしれないし、そもそも幽霊が物理的に土や水を運んでくるわけがない。だって質量がないんだから。

「なんだ。何かあるなら言ってみろ」

近づいてきて井之上が訊く。自分もサーバーからコーヒーを取って、ブラックのまま飲みはじめた。春菜は自分のデスクから、昨日まとめた資料の束《たば》を持ってきた。

「先日お話しした猿沢地区の人柱なんですけど」

「おお、小林教授の案件だったな」

「昨日、南鞍寺のご住職が電話をくれて、やはり資料館の話が出ているそうです」

「それで資料を用意したのか。発注元はどこなんだ。地区か？」

「いえ。今はまだ、ただの相談です。一番は予算の出所だと思うんですけど、地区の人たちは、ありがたいお坊さんを丁重にお祀りしたいと思っているようで、資料館より先にお堂の建設を考えているみたいです。ただ、地滑りに由来するので、資料館のほうは砂防事務所が乗り気みたいで」

「猿沢地区だと妙高砂防事務所だな。ツテがあるから一緒に行くか？」

「それはぜひお願いしたいんですけど、実は、人柱の発掘現場でよくないことが続いていて……小林教授がけがをしたのもそのひとつですけど」

「それで鐘鋳建設さんだったのか」

「まあ、そういうことになりますけど、雷助和尚はマズいものに手をつけたなって」

「マズいもの？　厭なことを言うなあ」

「現場にお婆さんの幽霊が出るんですけど、和尚はそれが死霊だって言うんです。このままだと人死《ひとし》にが出ると。でも、今回は建物が絡んでいないので、仙龍も打つ手がないと思うんですよ。遺骨が出たのはただの丘だし、人柱が入っていたザルガメは仙龍が曳くほど重くはないし、お婆さんの幽霊がどうして出るのかもわかっていない」

井之上は春菜を見ながらコーヒーを飲む。

「まさか高沢がその婆さんを背負ってきたわけじゃないよなあ？　その顔は」

「井之上部局長こそ厭なことを言わないでくださいよ。ゆうべだって怖い夢を見て、金縛りに遭ったのに」

「本当か、大丈夫なのか？」

「別にどうってことないですよ。長坂パグ男に比べたら、幽霊なんか可愛いものです」

物凄い嫌われようだな、と井之上は笑う。

「その長坂先生だけど。事務所を新築するらしいぞ」

「え、そうなんですか？」

「今の事務所は、もともと長坂先生が師事していた宮下《みやした》先生の設計事務所を引き継いで使っていただろう？　ところが、宮下先生の奥さんも亡くなって、親族が建物を手放すことにしたようで」

「パグ男が買い取ればいいじゃないですか。そうしないんですか？」

井之上は苦笑した。

「長坂先生には最初から計画があったようだ。県町《あがたまち》あたりにめぼしい土地を見つけていてな。そこに新築で事務所を建てるそうだよ」

県町周辺には官公庁が集まっている。なるほど、そちらに事務所を建てるほうが、地の利はあるといえるだろう。長坂は金に汚い男だから、ギリギリまで今の場所を間借りしていたというわけだ。

「それで、新規事務所の総合的なサインプランをやらないかと言ってきているんだが」

春菜は井之上に目を剝いた。

「私にですか？　厭ですよ。どうせタダ働きさせられるに決まっています。あれこれ難癖《なんくせ》つけられて、開所祝いだとか言われて、支払いを渋られて、大泣きするのが関の山です」

「そうだよなあ。そう思ったから、俺も積極的には動いていない。ただ、会社としては見て見ぬふりもできないからな。長坂先生もそのあたりのことはわかっていて、俺ではなく、社長に話を持ちかけてきているんだよ」

「なら、社長が営業に行けばいいじゃないですか。タダ仕事でも、社長決裁でやる分にはかまわないんじゃないですか？　私は担当しませんけどね」

「けどな、あの先生に太刀打ちできる猛者《もさ》は、高沢しか」

「ムリです。ケンカして終わりですよ？　いいことなんてありません」

春菜はコーヒーを飲み干して、デスクに載せてあった資料を鞄《かばん》にしまった。

「私、南鞍寺へ行ってきますから。あと、小林教授は今日退院なさるそうなので、教授のところへも。お見舞い持っていきますけれど、お菓子か何かで、領収証いいですか？」

「学芸員にお見舞いは渡せないよ。お互い立場があるからな」

そうだった。迂闊《うかつ》に金品の授受を行えば、賄賂《わいろ》と受け取られかねないのだ。

小林教授には自腹で肉まんか何かを買っていくことにして、春菜は早々にフロアを逃げ出した。この上パグ男の事務所プランなどを押しつけられたら、額に皺が刻まれてしまう。二階から駐車場へ下りたとき、ポケットでスマホが震えた。仙龍だった。

「今いいか？」

仙龍は端的に訊いた。

「いいわよ。何？」

「南鞍寺へ行くところか」

「そうだけど」

駐車場の向かいにあるアパートで、猫が日向《ひなた》ぼっこをしていた。早朝に雨が上がって、いいお天気だ。花壇のチューリップが満開で、杏《あんず》が花をつけている。市内の桜も三分咲きになり、そよ風に花が香っている。

「何時に約束している」

「午後よ。事情があって早めにオフィスを出たところ。小林教授に文化財登録の話を聞こうと思って」

「教授はさっき自宅に着いたと電話をくれた。信濃歴史民俗資料館へ行くそうだ」

「退院したばっかりで？　一ヵ月は休むんじゃ……」

仙龍は小さく笑った。

「休みは返上するそうだ。調べたい資料のほとんどが民俗資料館所蔵だが、老婆の正体が気になりすぎて、休んでもいられないらしい。猿沢地区に生えていたのが魂呼び桜と知って、目の色が変わったのさ。まさか現存していたとは思わなかったと。興奮して、いつもどおりに憑かれたようになっている」

「あれって有名な木だったの？」

春菜には教授の興奮ぶりが見えるようだった。小林教授は好奇心の塊だ。特に専門分野の民俗学に関わる発見が出てくると、もう誰も止められない。時と共に失われていく口伝や伝承を後世に伝えることに、学者としての矜持《きょうじ》を持っているのである。

「さっきコーイチを資料館へ行かせたところだ。俺はこれから雷助和尚を迎えに行く。午後に南鞍寺で落ち合おう」

「え。どうして？」

「婆さんが死霊だとわかったからだ。雷助和尚の言うとおり、早急に対処しなきゃならないが、婆さんの目的がわからなければどうすることもできないからな。それに」

仙龍はそこで言葉を切ると、

「昨夜、井口という男性が亡くなったんだ」と、春菜に告げた。

「井口さんって、お婆さんに声をかけられて寝込んでいた人？」

春菜は二の腕に鳥肌が立った。

「そうだ。急変したらしい」

仙龍は電話を切ったが、春菜は自分の身にも昨夜起きたことを思って呆然《ぼうぜん》とした。まさかとは思うが、井口氏もあれと同じものを見たのではなかろうか。蓬を持っていた自分は助かったが、井口氏はそれができずに、凄まじい重さで肺がつぶれて、呼吸できなくなったということはないのだろうか。

アパートの猫がベランダの手摺《てす》りに首をこすり付けている。空は明るく、日射しはとても暖かい。それなのに春菜は震えた。

「大変だわ……」

自分に活を入れ、大急ぎで車に飛び乗る。シートベルトをして、エンジンを掛け、スマホケースの中に蓬の葉があるのを確認してから、助手席に置いた。

アーキテクツから信濃歴史民俗資料館まではわずか一時間前後の距離である。春菜は会社の駐車場を出ると、国道を千曲《ちくま》市方面へ向けて走り始めた。怪異はやはり人柱が掘り出されてから続いているように思う。あの土地がどういうものなのか。人柱以外に老婆についての伝承はないのか。古い文書は都合よく資料館に残されているものだろうか。

国道沿いに植えられた桜は所々で見頃を迎えているようだ。

日当たりのよいところで花をつけ、日陰の桜は咲き始めたばかりだが、気温が上がれば一気に満開になるだろう。長野市内に桜の名所は数々あるが、どれも戦後に植えられた桜なので、一斉に寿命を迎えている。染井吉野《そめいよしの》の寿命は六十年程度と短いらしいのだ。

では、寿命の長い魂呼び桜に蕾がつかないという話は、今回のことと何か関係があるのだろうか。

交通量の多い道路を進んでいたら、いつの間にか鉄骨を積んだトラックの後ろについていた。巨大なH鋼を幾本も積み上げて、それをワイヤーで固定している。巨大な柱がすべて鉄でできているなら、どれほどの重さだろうと考える。

それに比べたら、ゆうべの老婆はまだ軽かったなどと、自分で自分を嗤ってしまう。素直に怖がればいいのに、負けた気がしてそれができない性格なのだ。

目前に聳えるH鋼を眺めていると、重くて屈強な鋼材に対し、ワイヤーの細さが印象的だ。赤い布を下げた鋼材の先が、自分の車に飛び込んでくるようで落ち着かない。

右車線が空いたので、そちらへ入って追い抜こうとハンドルを切ったときだった。

バチン！　と助手席で音がして、スマホケースから煙が上がった。

わっと思った次の瞬間、車線変更のタイミングを失った春菜の目前で、トラックの積み荷を括っていたワイヤーが切れた。見る間にワイヤーは次々千切れ、鋼材が傾いたと思ったら、凄まじい音を立てて右車線に落下した。埃《ほこり》と共に火花が散って、スローモーションのように鋼材が道路に重なる。

春菜は急ブレーキを掛けた。地響きがして、数メートル先でトラックが停まる。春菜の後続車も同じように停まり、何台か後ろで軽い衝突音がした。

「うそ……」

たった今、目の前で起きたことが信じられなかった。

ハンドルにしがみついて前方を見ると、土埃のなか、車線変更していたら春菜の車がいたはずの場所がH鋼に埋もれている。

「大丈夫ですか！」

飛び降りてきた運転手が春菜に訊く。返事もできずに春菜は震えた。もしもバチン！という奇妙な音を聞かなかったら……

振り向けば、助手席のスマホはそのままである。

恐る恐る手に取ってケースを開くと、雷助和尚が蓬の葉を包んだ紙は焦げたように真っ黒になっていて、さすがの春菜も水を浴びせられたようにゾッとした。

一時間足らずで着くはずの信濃歴史民俗資料館に、春菜は二時間近くかけて到着した。せめてもの退院祝いに、肉まんかコンビニスイーツでも買ってこようと思っていたのに、できなかった。事故のあと、前と後ろで車が詰まって、渋滞を抜け出すのに時間がかかってしまったからだ。受付に顔を出して来意を告げると、バックヤードを通って、事務室ではなく図書室へ向かう。小林教授のデスクは書類だらけで、作業するスペースがない。だから教授はスタッフ用の図書室を、書斎代わりに使っているのだ。

ノックして図書室へ入ると案の定、幾つものテーブルに様々な書籍が並んでいた。書籍はどれも開いたページに付箋《ふせん》が貼られ、痛々しく腰にコルセットを巻いた教授が椅子に座って、コーイチに指図しているところであった。

「あれ。春菜さんじゃないっすか」

大きな本を数冊抱えて、コーイチがニコリと笑う。

「おはようございます。コーイチも、おはよう」

挨拶すると、小林教授は「やあやあ」と言った。

「休んでいなくていいんですか？　退院したばかりなのに」

「そこですねえ。退院間際の患者というのは、病院では一番の元気者なのですが、いざ退院して健常者に交じってみると、さっきまで入院していた病人だというわけですよ」

「奥さまがご心配なさるんじゃ」

「いえいえ」と教授は笑う。

「うちにいると、あれを取れ、これを取ってくれとうるさいものだから、むしろ喜んでいると思いますよ？　今朝だって、嬉々としてコーイチ君にぼくを託したわけだから。それに何より、ぼくもこっちのほうが面白いですからねえ。腰が痛いだけで、内臓が悪いわけじゃないんだし」

「なんか、いつもよりずっと人使いが荒いんっすよ」

コーイチはそう言って、抱えていた本を棚に戻した。

小林教授はコーイチの言葉など聞こえないふりで、

「仙龍さんから聞きましたよ？　恐ろしいことに、お婆さんは死霊だったんですってね」

と、春菜を見る。

「偶然かもしれないけれど、私もさっき、もう少しで死ぬところでした」

「えっ！」

と、コーイチが大声を出す。

「ここへ来る途中、前を走っていたトラックが荷崩れを起こして、H鋼を落としたの。車線変更をしていたら、下敷きになるところだったのよ」

「あわわ……まじスか」

「それが不思議なんだけど、トラックの横につけようとしたら、雷助和尚のお守りが変な音を立てて燃えたのよね。それで一瞬タイミングがずれて、命拾いした感じなの」

「それは一大事。九死に一生を得たとでもいいますか……そうですか。和尚さんのお守りがねえ」

「お守りといっても、裏山で採った、ただの蓬の葉っぱですよ？　同じものを天ぷらで食べたのに、あれに霊験《れいげん》があるとも思えないんだけどな」

それを聞くと小林教授は、くっくと笑った。

「お守りは蓬の葉ですか。それはまた和尚さんらしいですねえ。いえ、莫迦にしたものでもないのですよ。繁殖力が強く生命力に溢れる蓬は、古くから魔除草《まよけ》と呼ばれていましてね。春先に葉を摘んで団子を拵え、草餅にして食べたのは、無病息災のためでした。今でも初子のお祝いなどに蓬団子を拵える地方があるほど、ありがたーい草なのですよ」

「ちっとも知らなかった」

「いや、本当に」

小林教授は真面目《まじめ》な顔に戻って、

「笑い事ではなく、状況は悪いほうへ変わってきたように思われますねえ。昨夜は老婆の幽霊を見た井口さんが亡くなったそうですし」と、呟いた。

「そうなんっすよ。なもんで、慌てて社長が和尚を迎えに行っているんす」

「原因をね、急いで調べなければなりません。老婆に遭遇した人は、地区に何人もいるわけですから」

「私もその一人です」

平然と春菜は言って、テーブルに並んだ書籍を眺めた。

「それで何かわかったんですか？」

「いいえ。まだ、さっぱりですねぇ」

小林教授は眉根を下げる。

「でも、教授は魂呼び桜のことを知っていたじゃないですか。仙龍がそう言ってましたけど」

どっかりと椅子に腰掛けたまま、小林教授はテーブルに散らばる書籍のひとつを指さした。

「その古い書籍を見てください。戦後すぐに刊行された『日本の古桜五〇選』という本ですが、そこに魂呼び桜のことが載っているのです。私はねえ、リタイアしたら、桜前線を追いかけて日本中を旅したいと思っているほど桜が好きでして、その本にある近在の桜はほとんど見ているのですが、魂呼び桜だけは、どこにあるのかわからなくてですねえ」

それは、装丁が布地で、文字は箔押《はくお》しという古い書籍だった。付箋の貼られた部分を開いてみると、ページの一部が破れていて、魂呼び桜の特徴的な枝振りと、それを見上げる男性の白黒写真が載せられていた。

「確かに樹形は似ています。よく見ればお墓も写っているような」

紙も画像も粗いので、美しさよりも時代感を強く感じてしまう。

「所在の書かれた部分が破れていまして、よもや、あれが魂呼び桜だとは思いませんでした。でも、謂われの一部は読めますね。まあ、私としても、それで余計に魂呼び桜が気になっていたわけなのですよ。亡骸《なきがら》から生えたなんて、ロマンチックじゃありませんか」

劣化した紙を破かぬように注意して、春菜はその部分を読んでみた。


――《亡骸から生え出た魂呼び桜》集落を望む小高い丘に、力強い樹形をもって佇む枝垂れ桜は、ウバヒガンザクラの変種であろうといわれている。樹齢はおおよそ七百五十年。樹高は十三メートルにも及ぶ。滝のような枝を四方に張り出す堂々たる姿だ。亡骸から生え出たことから魂呼び桜と称される――


「亡骸から桜が生えた？」

春菜が呟くと、

「そんなことってあるんっすかねえ」

と、コーイチも首を傾げた。

「これの、もっと詳しい話はないんですか？」

「それをコーイチ君と調べているわけなんですが。桜について記載があるのはそれだけですねえ。ちなみに、その本を記したカメラマンを探してみたのですが、ご存命かどうかもわかりませんでした」

「なら、土地の履歴はどうです？　昔はお墓で、未憐寺というお寺があったとか」

「春菜さん、そこなんすけど。あんとき、地主さんが明治時代までお墓だったと言っていたじゃないっすか？　でも、そういう記録は残っていなかったんすよね」

「お墓の記録がない？」

「法務局へ行って見てきたんすけど。墓地の記録はなかったんす。登記上は山林原野で」

「じゃあ、未憐寺ってお寺も？」

「なかったっす」

「かなり古い時代の話だったのではないでしょうかねえ。廃藩置県が明治四年、土地台帳付属地図が出てくるのが明治二十二年頃なわけですから。それより前の記録については、法務局に残されていなくとも不思議ではありません」

「ちょうど今、教授とその話をしていたところなんすよ。地主さんのお母さんが、たしか九十幾つだって言ってたじゃないすか。それなら、そのお母さんに聞いたほうが詳しいことがわかるんじゃないかって」

「土地の因縁について、地主さんが話してくれるものかしら」

「そこは訊き方次第でしょうねえ」

小林教授は飄々としている。

「それに、お墓が正式な墓地ではなかったということも考えられます。千人塚《せんにんづか》とか百人塚とか、疱瘡《ほうそう》や赤痢など流行病《はやりやまい》で亡くなった人を、まとめて埋葬した場所だったとかね。そうした死人は感染を恐れて、なるべく村から離れた場所に埋葬したいわけですから、埋葬場所は禁忌とされて、記録に残されていないことのほうが多いです。ただし、村の人たちにしてみれば大切な家族なわけですからね、口伝はされていたことでしょう」

「そういう場所だったのかしら。だからお婆さんの幽霊が現れる？　人柱が見つかったことで調査が入って、大切な場所が荒らされると思って」

「あー、それは考えられるっすねえ」

「でも……そういう言い方でもなかったわよね……」

あまり心配は掛けたくないが、春菜は昨夜のことを二人に話すことにした。

「実はゆうべ、お婆さんが私のところへ出てきたの」

「え」

コーイチは驚いた顔をした。

「かやせ、もどせって、そう言っていた気がする。立ち入るなとか、調べるなとかじゃなく、かやせ、もどせって」

「なんすか？　かやせって」

「返せの意味でしょうかねえ。返せ、戻せ、という」

「何を戻すの？　心当たりがないんだけど」

「そっすよね。あそこからは何も持ち帰ってないっすもんね。それとも、お婆さんは猿沢地区と無関係で、フルタツコンビが燃やした黒髪のことをいうんすかねえ」

「それはそれで気味が悪いわ。それに、それならあの人たちのところへも幽霊が出ていいと思うんだけど」

「そっか。春菜さん頭いいっすね。でも、フルタツコンビは、こないだお礼に来ましたけど、そんな話はしてなかったっす」

　春菜は眉間に縦皺を刻んだ。

　テーブルを本だらけにして教授とコーイチが調べていたのは、日本各地で発見された即身仏やミイラの記録だという。即身仏に限って言えば出羽三山が有名だが、実は新潟県も山形県に続いて即身仏が多く祀られている地域だそうだ。

「死者の遺体を拝むという風習は日本に限らず太古からありますが、即身仏は江戸時代に多いのですよ。而《しか》してあちらは鎌倉時代で、背景からして違います。そもそも人柱は土地に捧げられた生け贄《いにえ》ですからして、即身仏のように再び日の目を見るのは珍しい。そうした意味に於《お》いてもこれは大発見なのですねえ」

「そういえば、私、そのことで伺ったんでした」

春菜は南鞍寺の住職が人柱を地区の文化財として登録したいと言っていると教授に伝えた。そのためには行政に許可を取り、相応の調査資料をまとめて文化庁に提出する必要があるのだが。

「もちろんもちろん。重要有形民俗文化財としての登録は可能だと思いますし、そうするべきだと思いますねえ。ただ、準備に時間がかかりますよ。ご存じでしょうが」

「わかっています。でも、可能であると方向性が決まれば、お堂の建築などを進めることができますから。午後に南鞍寺へ行くことになっているので、その旨を話してみます」

「私も一緒に行きますよ。調査のその後も気になっていますしね」

「ややや。でもその前に、死霊をなんとかしないとヤバいっすよ？　春菜さんは行かないほうがいいんじゃないすか」

「どうしてよ。行かなきゃ仕事にならないじゃない」

「そうだけど、危ないじゃないっすか。さっきだって、事故に遭いそうだったんでしょ」

「心配なのは私じゃなくって仙龍よ。早く原因を突き止めないと、死霊にロックオンされているんだから」

コーイチは困った顔で頭を掻いた。

「仙龍だって雷助和尚を連れてくるんでしょ。雷助和尚が現場を見れば、何かわかるかもしれないし」

「あれで和尚さんは、やるときはやる男ですからねえ」

楽しみですねえと教授は言って、ようやく椅子から立ち上がった。

「コーイチ君。ぼくの机からカメラをね、取ってきてもらえませんか。あと、一番上の引き出しに新しい手拭いがあるので、それも持ってきてほしいのですが。やはり腰に手拭いがないと、気持ちが落ち着かないのですよ」

すでに行く気満々なのだった。

時間は少し早いが、春菜は地主の内山のところへ寄ってみようと考えていた。教授とコーイチがバタバタと準備をしている間に、南鞍寺に電話を掛ける。

「南鞍寺でございます」

電話に出たのは奥さんだった。素性を名乗って、住職はいるかと訊ねると、不幸の知らせが入って出掛けていると答える。井口氏の葬儀だろうかと春菜は思った。

「午後には戻ると申しておりましたので、高沢さんがいらしたら、庫裡で待っていただくようにと言われております」

春菜は、お約束の時間には間違いなく打ち合わせに伺いますが、それとは別に、地主の内山さんと連絡を取りたいのだと話した。

「内山さんのお母様からお話を伺いたいと思っていまして。はい。あの……人柱が出た土地についてなんですが」

そう言うと、住職の奥さんは人のよさそうな声で、

「内山のお婆さんなら、昼の間はご自宅ではなく、ホームにいらっしゃいます」

と言う。地区の老人は、ほとんどが日中はホームに通い、友だちと会うのを楽しみにしているとと付け加える。

「そちらへお邪魔することは可能でしょうか」

「よろしいんじゃないですか？　地区で運営しているホームですし、公民館のような感じですから」

名称と場所を確認して、電話を切った。ネットを調べ、ホームに電話する。

確認すると、内山家のお婆さんは確かに来所しているし、訪問して話を聞くのもかまわないと言う。春菜は電話口に出た職員の名前を確認し、昼前に伺いますと言って電話を切った。今から猿沢地区へ向かってホームに立ち寄り、話を聞いて、どこかで昼食をとった後、南鞍寺へ向かう計画だ。出掛けようとして顔を上げると、小林教授がニコニコして待っていた。

「え？」

「行きましょうかねえ。春菜ちゃん」

斯《か》くして春菜は、なぜか教授とコーイチを連れて、自分の車に乗り込んだのだった。

其の六

魂呼び桜奇譚

『ケアホームみずばしょう』は猿沢地区の中心にある。

一見すると公民館風の建物で、マレットゴルフ場や地場産市場、入浴施設などを備えた複合施設だ。広いロビーを通っていくと、別棟がケアホームになっていた。

春菜は教授とコーイチと共に受付に立ち、電話した職員を呼び出して、内山家のお婆さんを紹介してもらった。明るいコミュニケーションスペースに老人たちが集まっていて、その中の一人が内山婦人だという。婦人は息子同様に品のいい顔立ちのお婆さんで、髪は真っ白だが、眉毛はやはり黒々としていた。九十を過ぎているというのに、車椅子《くるまいす》ではなく椅子に掛け、春菜たちが近づくと、立ち上がって会釈をした。

「株式会社アーキテクツの高沢と申します。こちらは民俗学者の小林先生、あちらは鐘鋳建設さんの崇道《すどう》くんです。今日は少しお伺いしたいことがあってお邪魔しました」

挨拶すると、職員が椅子を勧めてくれたのでそこに座った。来訪者が物珍しいのか、近くに人が集まってくる。みな猿沢地区の老人だという。

「内山りう子でございます」

内山婦人は頭を下げた。

「伺いたいのは、先日地滑りがあった丘のことなんです。人柱の骨が出た」

「ええ、はい」

と、婦人は言った。

「息子さんのお話だと、あのあたりは昔お墓だったそうですが、どなたのお墓だったのでしょう」

「魂呼び桜があるへんのことですか？」

「そうです」

春菜が頷くと、周りの老人たちが一斉に喋り始めた。

「誰の墓ってこともねえよなあ？　あのへんはさあ」

「昔はさ、古い墓石が出たって聞いたけど、あたしらの頃には、もう何もなかったよ。ねえ、りうちゃん？」

「そうなんっすか」

コーイチがほかの老人たちの話し相手を引き受けてくれたので、春菜は立ち上がって、内山婦人の隣に座り直した。外野を気にせず話を聞くためだ。

「古いお墓があったんでしょうか」

内山婦人は小首を傾げた。

「わたくしの子供の頃にはもう、ありませんでしたけれどねえ。祖母の代までは、あのあたりを掘るとお墓の石が出たそうです。もともと緩《ゆる》い土地なので、お墓の石を運んできて固めにした名残とか、そんな話を聞いたようにも思いますけど、詳しいことはわかりません」

「あそこは畑だったんですか？　それともただの丘だった？」

「丘でしたねえ。まあ……畑にしようと思ったことも、あったのかもしれませんが。戦中なんぞは、植えられればどこでも畑にしなくちゃならないようなわけでしたから。でも、大きなものは植えられません。その場限りのものだけです。あんな場所に植えなくても、下に土地がありますし、もともとあのあたりは触っちゃいけない場所でしたから」

「触っちゃいけない場所というのは？　例えば昔、流行病で亡くなった人を埋めたからとか、そういうことだったんでしょうか」

「いえ、そういう話は聞いてませんよ。このへんは家墓が普通で、昔は共同墓地なんていうのはなかったですから。ただ、ほら。あそこは魂呼び桜がありますでしょう」

　内山婦人は顔を上げ、眠そうな目をシバシバさせた。

「魂呼び桜は内山家の家墓にある枝垂れ桜のことですね？　あの桜にはどんな謂れがあるのでしょうか」

　死骸から生えた桜だということは知っていたが、春菜は敢えて訊いてみた。

「そうねえ……あれは見事な桜でしょう？　満開の頃は怖いほどきれいに花が咲くので、

でも、わたくしなんかは、きれいすぎて怖かったですねえ……」

婦人はそこで言葉を切って、

「願はくは花の下にて春死なむ。その如月《きさらぎ》の望月《もちづき》の頃」

と、静かに言った。

「西行《さいぎょう》法師ですね。私も大好きな歌ですよ」

小林教授が横から言う。

「あれは、その歌どおりの桜じゃございません？　それでねえ……あれが満開になる頃には、幾人か人死にが出ましてね」

老婆は教授にニコリと笑った。

「わたくしも子供の頃に一人見ました。一里ほど離れた場所のおじさんでしたが、ぶら下がっているのが見つかったとかで大騒ぎになって……怖かったわ」

「わかりますわかります。よくわかりますねえ。年を経た桜には、なんといいますか、魍《もう》魎《りょう》のようなものが宿る気がしますねえ。それが人を惹《ひ》きつけるのでしょう。特に、死期を悟った人たちをねえ」

「わたくしの父もそう考えていたようです。花の時期、日が落ちてからは魂呼び桜に近づいてはならないと、固く申し渡されていたものです」

「桜が人を取り殺すんですか？」

内山婦人はニコリと笑った。

「そうでなく、あまりにきれいで死にたくなるのじゃないかしら」

「仰ることが、ぼくにはわかる気がしますねえ。ときにあの桜ですが、戦後すぐに刊行された『日本の古桜五〇選』にも選出されていますね。それはご存じでしたか?」

「日本の?」

「古桜五〇選です。カメラマンの人が刊行した本ですよ」

「うちにも一冊あったような気がしますよ、そのご本」

「そのなかにですねえ」

小林教授は身を乗り出した。

「亡骸から生え出た桜なので、魂呼び桜と呼ばれているというような文言がありましてね」

「はいはい」

内山婦人は仰向けた手のひらを別の手で揉みながら話してくれた。

「あの桜は樹齢八百年を超える、まさに西行法師の頃に芽吹いた木だと聞いております。内山の家ではこんな話を伝えていましたよ。下の集落から毎日あの丘に通ってくる娘さんがおられたそうで」

「何のために通ったのでしょう」

「お参りのためだったそうですねえ」

「丘にお寺があったんですね?」

「いえいえ、そうじゃございませんの」

内山婦人は鷹揚《おうよう》に微笑んだ。

「娘さんの想い人があの丘に葬られたので、そこに日参していたそうですよ」

春菜と教授は顔を見合わせた。

「その娘さんが結んだ庵《いおり》を未憐寺と呼んだのだそうです」

「未憐寺はそこから来た地名でしたか。なるほどなるほど」

小林教授は大喜びで、内山婦人の話をノートに取った。

「その娘さんが亡くなると、ご遺体から桜が生えたと言われます。とても不思議なことですけれど、娘さんが亡くなって、お葬式を出そうとしたけれど、亡骸が石のように重くて動かせない。これでは棺桶にも入れられないと、村の人たちは困り果て、結局は娘さんの亡骸の上から土をかけたのです。するとそこから桜が生えて、魂呼び桜になったといいますの。想う相手の魂を呼ぶから魂呼びなのか、美しい桜が首吊《くびつ》りに誘うから魂呼びなのか、父などは、後のほうだと思っていたようです」

春菜は、老婆の幽霊が墓石のように重いことを考えていた。仙龍は重さに意味があるのだと話したが、動かせないほど重い娘の遺体とも関係があるのだろうか。

「ほかにお婆さんの話は訊いていませんか？　娘さんではなく、お婆さんの話は」

「いいえ。娘さんと恋人の悲恋の話だけですが」

春菜は背中のあたりがヒリヒリするような気持ちがした。

その娘の想い人こそが、人柱になった坊主ではないかと直感する。魂呼び桜は娘の亡骸から生え出たという。では、老婆とはどこでつながるのだろう。

昨夜自分にのしかかってきた老婆の恐ろしい顔。かやせ、もどせと訴える声。あれは坊主の亡骸を、あの場所に戻せと訴えているのだとばかり思ったのに。

「とても参考になりました」

春菜は内山婦人に頭を下げた。

「なんですか、この歳になりますとねえ、昔のことばかり鮮明に思い出されて、切なくなるのよ。魂呼び桜の話をしてくれたお祖母様が、そのときは糸車を回していたとかね、縁側で座っていた座布団にほころびがあって、黒い綿がはみ出していて、ばあちゃん、ここ縫わんといけんねえって、そう言ったことまで。土間に母が転がしていたカブの束。納屋に積んでいた藁《わら》の匂いや、父が庭先で研いでいた鎌《かま》の音。馬小屋の臭い、井戸端《いどばた》にあった葡萄《ぶどう》の木……」

きりがありません。と、婦人は言った。

「懐《なつ》かしくて涙が出ます」

ああ、そうか。彼女は死期が近いのだ。と、仰向けた手をしきりに揉む内山婦人に春菜は思った。そうやって少しずつあちらの世界に囚《とら》われていって、やがて殻を脱ぐように肉体を脱ぎ捨て、彼岸へ旅立ってゆくのだろう。恐れもない。痛みもない。天寿を全《まっと》うするとは、たぶん、そういうことなのだ。

「どれも素敵な思い出ですね」

気づいたとき、春菜は婦人の手を握っていた。

「またお話を伺いに来ても、いいでしょうかねえ?」

小林教授が微笑むと、内山婦人は「どうぞ」と言った。

「わたくしが生きている間に、またおいでなさい。もう、どれくらいもないでしょうから」

どこまでも品のいい、美しいお婆さんだった。

老人に大人気のコーイチを立たせて、春菜らはホームを後にした。

魂呼び桜の謂れは訊いたが、老婆の正体はわからず終《じま》いだ。近づいたと思えばまた遠ざかる人柱の因に、春菜は焦りを感じていた。

同じ施設の中に食堂があったので、地区の人たちに交じって席に座り、昼食を済ませてから南鞍寺へ向かうことにした。腰は痛いが食欲旺盛な小林教授はアジフライ定食を、コーイチはカツ丼《どん》を、春菜はラーメンを頼んだ。昨夜ラーメンを食べ損ねたからだった。注文の品を待ちながら窓の外を眺めていると、マレットゴルフ場の桜が見頃になっていた。

「もしかして、魂呼び桜も見頃なんじゃないですか？」

春菜が言うと、小林教授はニコニコしながら、

「そうなんですねえ。それもあって、どうしても一緒に来たかったわけでして」と言う。

「腰をやっちゃうと、車の運転ダメっすもんねえ。でも、死にたくなるほどきれいな花って、やっぱ魍魎なんすかねえ」

コーイチはそう言って水を飲む。

「基本的な質問で恐縮ですけど、魍魎って、なんですか？」

春菜には魍魎がわからない。見た目によらず文化人類学の修士号を持つコーイチはともかく、単体では聞き慣れない言葉でもある。化物のような心根を持つ人々を、魑魅《ちみ》魍魎と揶揄《やゆ》することは知っているが、春菜の知識はその程度のものだ。

「私のイメージだと……例えば昨年の夏休みに、妖怪《ようかい》の企画展をやったじゃないですか？　あのときに、オバケがたくさん並んだ絵を展示していましたよね？　あれですか」

「『百鬼夜行絵巻』ですね。あのときのものは大徳寺真珠庵《だいとくじしんじゅあん》蔵の巻物のレプリカでした」

「あれが魍魎なんですか？」

「少しばかり違いますかねえ。魑魅魍魎は山川の気から生じる化物のことです。魑魅は山の瘴気から生じ、魍魎は川や石、木などの精霊から生じるとされます。魑魅は獣の体に人面をもって人を惑わせ、鬼とも、山の神ともされますが、魍魎は子供に似て二本足で立ち、死者を食べるといわれます。山の神に対して、水もしくは沢の神でしょうかね。百鬼夜行とは成り立ちが違います」

春菜にはその差がわからない。

「じゃ、老婆の死霊は魑魅ですか、魍魎ですか」

「お待たせいたしました」

と、声がして、注文の品が運ばれてきた。店員はいかにも地区のお母さんといった中年女性で、それぞれの前に食事を置きながら、

「ご注文の品はお揃いですか？」

と、春菜の前にだけお茶を置く。

「大丈夫です」

春菜が答えると、

「取り皿をお持ちしますか？」

と、また訊ねる。

「いえ、けっこうです。いりません」

なぜそんなことを訊ねるのだろうと思っていると、お茶の脇に割り箸《ばし》を置き、

「では、お婆ちゃまの分が決まったら呼んでくださいね」

などと言う。

「お婆ちゃま？」

春菜が怪訝そうな顔で訊ねると、

「え？　あら？」

店員はとたんに奇妙な表情をして、お茶と割り箸を引き上げた。

「ごめんなさい。三名様でしたっけ」

「そうですけど」

「あら、じゃあ私の勘違いだわ。失礼しました」

そそくさとその場を離れようとする。すかさずコーイチがこう訊ねた。

「誰かそこにいたんすか？」

「ええ。薄茶の着物のお婆さんが……頭に手拭いを巻いた、背の低い」

春菜は隣の席に目をやった。

誰もいない椅子の座面は、湿った土で汚れていた。

「やっぱヤバいんじゃないっすか」

『ケアホームみずばしょう』を出たとたん、コーイチが春菜に訊く。

「わかってるけど、どうしようもないじゃない」

車に乗って、と言いながら、春菜も運転席に乗り込んだ。老婆の正体がわからないことに、イライラと焦りが募《つの》ってくる。お尻を滑らせると、シートにザリッとした感覚があり、慌てて座席を探ってみると、指に土がついていた。嗅ぐと厭な臭いがする。春菜は外へ出て、ティッシュでシートを拭き取った。

「あれ？　どうかしたんすか」

コーイチが訊く。気丈にも春菜は「別に」と答えた。

乗用車は車高が低いので、腰が痛い小林教授は乗り降りに時間がかかる。コーイチの補助でようやく後部座席に乗るのを待って、春菜は車のエンジンを掛けた。天気はよく、風もさわやかに薫っている。それでも春菜は、若干の恐怖を感じていた。

また、あんなことが起きませんように。

あんなこととは、大型トラックの荷崩れのことだ。あれが老婆の祟りなら、そして再びあんなことが起きたなら、自分だけでなく教授やコーイチまで死んでしまう。こんな思いをしてまでも、どうして自分は、決まるか決まらないかわからない仕事に関わっているのだろう。

バカなのよ、と春菜は自分を嘲笑《あざわら》う。頭にあるのは、仙龍の背中に張り付いていた骸骨だ。彼に迫り来る死の影を思うとき、春菜は自分を奮い立たせることができるのだ。

カーナビを南鞍寺にセットして、ゆっくり車を発進させる。左右の確認はしつこいほどに、さらに、なるべく車線変更はしないと決めた。

トロトロと地区を走って十分程度、春菜は無事、南鞍寺に行き着いた。

寺の駐車場にはたくさんの車が駐まっていた。農業用の軽トラックが何台か、乗用車もバイクも自転車もある。住職が地区の顔役に招集をかけてくれたのだろうか。それとも何かが起きたのか。停める場所を探していると、

「なんかあったんすかねえ？」

と、コーイチが呟いた。

「こないだ来たとき見たんっすけど、坂の上に第二駐車場があるんすよ。もしかしたら、そっちへ停めたほうがいいかもですね」

抜け目なく気が利くコーイチのおかげで、春菜は第二駐車場に車を駐めることができた。その場所からは、未嶙寺の丘がよく見えた。いまだに一部がブルーシートで覆われていることを含め、巨大な枝垂れ桜も確認できる。小林教授が楽しみにしている魂呼び桜は黒々とした枝を滝のように垂らして、丘に寒々と君臨している。花はおろか、蕾さえもないようだ。

「あれ。桜、咲いてないっすよ」

「おーやおや。本当ですね。いったいどうしたことでしょう」

里山は春の盛りというのに、魂呼び桜と家墓のあたりだけが白黒写真のようである。

「やっぱり……何か異常なのよ」

春菜は自分の二の腕を抱いた。


約束の時間を待って寺へ向かうと、仙龍の車が第二駐車場へ行くのとすれ違った。病院で幽霊の正体を探ってくれと頼まれたときは、ちっとも乗り気じゃなかったくせに、自ら和尚を迎えに行くなど仙龍は急に前向きだ。背中に乗った骸骨に引き寄せられているせいではないかと、春菜は少しだけ心配になる。

雷助和尚はいつものように後部座席に伏せている。借金取りに追われる身なので、迂闊に人前へ出ないのだ。仙龍も春菜たちに気づいてスピードを落としたので、

「ここで待っているわ」

呼びかけると、頷いた。

南鞍寺の門前で仙龍を待ちながら、春菜は、今回もまたこのメンバーが揃ってしまったと考えていた。思い起こせば、仙龍と出会った案件以来、一筋縄でいかない現場にはいつも同じ顔ぶれが集まっている。隠温羅流導師の仙龍と利発なコーイチ、民俗学者の小林教授、生臭坊主の雷助和尚と、サニワと呼ばれる春菜自身が。

――因縁とは、因によって結ばれた縁をいう――

そう教えてくれたのは誰だったろう。

――原因があるから所縁が生まれる。縁は円につながって、良縁を結べば良縁が還《かえ》るが、悪縁を結べば悪縁が還る――

ならば意図して悪縁から離れ、良縁を結べばいいだけのことではないか。

そうすれば仙龍が負う宿命もまた、良縁に還るのではないだろうか。

漠然と思いを巡らせていると、自分と仙龍が出会ったことも、因に由来するのではと思えてくる。自分はなぜこの人たちと出会ったのだろう。サニワとして仙龍の寿命を見届けるためだなんて、絶対に、思いたくなかった。

「待たせたな」

仙龍は第二駐車場から走ってきた。やはり雷助和尚はいない。

「例によって和尚は一緒に来ない。現場はあとで見るとして、それまでは車で昼寝をしているそうだ」

「調子はどうだ」

言いながら仙龍は、春菜をじっと見下ろした。

「なんで私に訊くの？　それを訊くなら小林教授でしょ」

「おかげさまで、私のほうはバッチリです。魂呼び桜の背景が、徐々にわかってきましてねえ」

「地主さんのお婆ちゃんに会ってきたんすよ。あの桜は恋人の墓に日参してた娘さんの亡骸から生えたらしいっす。その娘さん、死んだら重すぎて動かせなかったって」

コーイチは魂呼び桜の謂れを仙龍に伝えた。

「その娘さんの恋人が、人柱になったお坊さんじゃないかと思うのよ。未憐寺というのは娘さんが結んだ庵の名ですって。ただ、老婆の話は出てこなかった。だから結局、因を解くまでにはいかなくて、幽霊がゆうべ、私に返してくれと言った理由もわからない」

「幽霊がゆうべ、なんだって？」

「春菜さんのところへ幽霊が来たらしいっす。雷助和尚が春菜さんに渡した蓬の葉っぱが功を奏して、今朝も事故に遭いそうになったのを、危機一髪で回避できたって」

「お喋りね、コーイチ。あんなのただの偶然じゃない」

そうでも思っていなければ、やっていられない。

「つか、さっき食堂へ行ったときだって、食堂のおばさんがお茶運んできて……俺たち三人だったのに、お婆さんが一緒にいたって言うんすよ。ビビったのなんのって」

コーイチの熱弁に、仙龍はまた春菜を見た。

「大丈夫なのか」

「平気よ。お婆さんの一人や二人。何もしないで消えちゃったし」

強気なことを言いながらも、春菜は、今夜もまたあれが出てきたらたまらないと思っていた。こういうとき、独り暮らしは心細くて恐ろしい。泊まりに来てくれる友人もいないから、マンガ喫茶に泊まろうかと、実は本気で考えている。認めたくはないけれど、怖いのだ。

仙龍は春菜から目を逸らして、「行くか」と言った。

以前から人柱の調査に関わっていた小林教授を先頭に南鞍寺の門をくぐっていくと、やはり人々が集まってざわついている。いつかの夜同様に庫裡の玄関で声を掛けると、待ちかねたように住職と、地区の顔役たちが迎えに出てきた。

「ああー、これはこれは小林先生」

住職は教授を見ると、そう言った。

「高沢さんも。守屋社長も……」

コーイチには、「そちらの方も」と付け足した。

「どうもご住職。その節はご心配をおかけして、申し訳ありませんでしたねえ」

小林教授は手拭いで額を拭いた。

「いやいや、小林先生は大丈夫で？　ま、どうぞどうぞ、上がってください」

住職は春菜らを庫裡の座敷へ呼んだ。玄関から廊下を通って座敷まで、地区の人たちがついてくる。座敷に置いたテーブルには今日も湯飲み茶碗《ゆのちゃわん》が並んでいた。

住職は教授が席に着くのも待ちかねて、いきなり喋り出した。

「えらいことになりました。昨夜、井口さんが亡くなった件はお電話させていただきましたがね、つい今し方ですよ。今度は平司さんが亡くなりました」

「えっ」

最初に声を上げたのは小林教授だった。

「平司さんって上林平司さんのことですか？　ザルガメを掘り出した」

春菜たちは互いに顔を見合わせた。

「そうですとも。火傷で入院していた平司さんです。容態が急変して亡くなったと、息子さんが病院から電話をね。今夜、枕経《まくらぎょう》を上げに行かにゃならなくなりました」

「それだけじゃないんだよ。先生の助手の東くんね」

「東くんがどうかしましたか」

「ゆうべから熱を出していて、今、奥さんが、車で病院へ連れていってるところなんだよ。それもこれも……」

地区の人々は怖々という素振りで、本堂のほうへ目を向けた。

「祟りじゃないかと思うんだいねえ」

「んだから早くお堂をこさえて、人柱様に鎮まってもらわにゃならんとさ」

「このままじゃ、よくないことが起きるに決まってる。未憐寺が抜けたのも、その兆候じやないかとね」

　住職がその先を引き継いだ。

「今、ちょうど話を決めたところで。自治会長さんに常会長さんたちを束ねてもらって、未憐寺近くの空き地にね、すぐさまお堂を建てようということになりました。もともと寺で持っている土地ですが、いずれ墓地にでもしようと思っていたのがそのまま空いているわけで、そこに地区の人たちのお布施でもって、とりあえずお堂を早く建てようと」

　春菜は文化財登録の話をしに来たのだが、誰もが興奮していて口を挟む隙がない。仕方がないので教授の隣に座って、ことの成り行きを見守っていた。

「長く眠っていたものを掘り出されて、怒っておられるのかいねえ。祟るなんて、平ちゃんだって、好きで掘り出したわけでもあるまいに」

「いや、祟っておるのは坊さんじゃなくて、婆さんだろう」

「んでも、婆さんは、人柱となんの関係があるというのか」

「うちの倅《せがれ》もよ、その婆さんに声を掛けられたんだよ。早いとこなんとかしてもらわねえと、井口さんみたいなことになったら」

「俺もさあ、見慣れない婆さんを見た気がするのよ。汚れた着物に前掛けかけて」

　ワイワイと、みなが一斉に喋り始める。

「それで先生。調査はまだ終わらんのですかね。早くご遺骨を納めてくれと、みな怖がっているんですがね」

住職が切羽詰《せっぱつ》まった顔で訊く。

「いや……すぐにはムリだと思いますよ？　文化財登録の申請書類を用意するにも、市と県に協力を要請してですね」

「早くお堂に納めねえと、その間にも人が死ぬかもしれねえ」

全員が口々に好き勝手なことを喋り出し、庫裡全体が大声で包まれたとき、

「お堂に納めること自体は問題ないでしょう」

仙龍が破れ鐘《われがね》のような声で言い切った。

深く鋭いその声に、ガヤついていた一同が息を呑む。

「ここに置いて調査するのも、お堂に置いて調査するのも同じこと。先にお堂を建立し、ご遺骨にはそちらへ納まっていただいて、調査は続行すればいい。どうです？　教授」

「まあ、それは……ただ、確認や……写真を撮ったり、あるいは大学へ運んだり、そういう作業がありますがねえ」

「お堂を管理できるのならば、それも問題ないでしょう」

ここぞとばかりに自治会長が、身を乗り出して威厳を示した。

「そこは儂らが責任を持ってやりますよ。とにかく、一刻も早く鎮まってもらわんことには……あんたらは、魂呼び桜を見ましたかいね？」

彼は教授からはじまってコーイチまで、春菜らの顔を順繰りに見た。

「見ましたとも。さっき駐車場から見ましたが、花を咲かせていないのですねぇ」

「それもあって、みな怖がっているのです。不吉の前触れではないかとね。それに、祟りに遭うのは私たちだけではないかもしれない。高沢さん？」

住職は春菜の顔をじっと見た。

「あなたも酷い顔をしていますよ」

「……え？」

「東くんとおんなじだ。死相が出ている顔ですよ。体調が悪くないですか？」

まさか、仙龍もそれを気にしていたのだろうかと春菜は思った。

「いいえ全然。ゆうべ寝不足だったから、そのせいだと思います。体調のほうは、別になんともありませんけど」

「ならばよいが、こうも不幸が続くとね、神経質にもなりますわい」

春菜は仙龍の様子を窺ってみたが、仙龍は何も言わなかった。

「あの……それじゃご住職。今日お話しすることになっていた資料館のことなどは」

「こちらからお電話したのに申し訳ありませんが、それどころではなくなってしまいました。檀家さんが二人も亡くなっていますしね、東くんも様子が変ですし、あっちでもこっちでも、幽霊を見たとか、体調が悪いとか……お通夜が重なったりで……申し訳ありませんが、そちらのお話は仕切り直しさせていただけませんか」

「私のほうはかまいません。一応、用意してきた資料だけ、置いていってもいいですか？」

「ええ。それはもう、ありがたく」

住職は言って、春菜から資料を受け取った。

「……ちょっとお待ちくださいよ」

それから住職は席を立ち、間もなく、お盆にお札《ふだ》を載せて戻ってきた。

「せめてこれをお持ちください。当寺で授与している魔除けのお札です」

墨書きの文字に御朱印を押し、金紙を巻いた小さいお札を、春菜たちはありがたく頂戴した。


駐車場へ戻ってみると、仙龍の車の後部座席で、雷助和尚はぐうぐう寝ていた。

再び丘を見上げても、魂呼び桜は真っ黒なままだ。

三時を過ぎて、風が冷たくなってきた。仙龍は和尚を寝かせたままで、

「このあとの予定はどうなっている」と、春菜に訊いた。

「特に予定は入れてない。砂防事務所の所長にも紹介してもらうつもりだったから」

「小林教授は、体調どうです？」

仙龍に訊かれると、教授は目をキラキラさせた。

「雷助和尚まで連れてきたからには、仙龍さんに何か考えがあるのでしょうから、これで帰れと言われましても、承服できかねます。さてさて、興味深いですねえ。今回の因縁、どのように決着をつけるつもりですか？」

住職にもらった魔除けのお札を、小林教授は胸ポケットに入れた。第二駐車場はガラ空きで、黄昏《たそが》れていく地区が見渡せる。

仙龍は煙草に火を点けると、空中に白く煙を吐いた。

「和尚は老婆が死霊だと言う。そして老婆は桜の下の、家墓のあたりに現れる。内山婦人の話では、あの桜は人柱の坊主に懸想していた娘が姿を変えたものだという」

「そうですねえ。老婆ではなくって、娘さんでしたねえ」

小林教授はメガネを外し、手拭いで拭いて、また掛けた。

「その老婆が私のところへやってきて、返せ戻せと訴えたのよ」

春菜が言うと、仙龍はコクリと頷いた。

「八百年も昔の伝承だ。すべてがそのまま伝わっているわけではないのかもしれない」

「どういうこと？」

と、春菜が訊く。仙龍は魂呼び桜を見上げて言った。

「俺の背中に老婆が乗ったときの凄まじい重さ。あれには意味があるのだと、思ってはいたが、わからなかった。ところが今日、おまえたちがホームで話を聞いた。娘の亡骸は、あまりに重くて動かせず、そのまま土をかけて葬ったと」

「そこから桜が生えたんすよね」

「娘は、死んでも恋人のそばを離れたくなかったんだ。だから死体は動かなかった」

その言葉の意味に春菜は打たれた。

「老婆は娘さんだったというの？　老婆になるまで丘に日参し続けていたと」

そう言いながら、春菜は自分の言葉にさらなる閃きを得てもいた。

「毎日毎日丘に通って、そのうち足腰が立たなくなって、そうすると今度は、道行く人に声を掛け、負ぶってもらって行ったのかしら」

「幽霊は過去の記憶だ。老婆が村人に声を掛け、丘に通った日々の記憶を見せられたのかもしれないな。未憐寺に庵を結んだのも、老婆を哀《あわ》れに思った村人ではないか。若い娘のためではなくて、丘に通いきれなくなった老婆のためであったとすれば、話はつながる」

仙龍は春菜に目を移す。

「亡骸から桜が生えるほどの執念だからな。娘のまま死んだのではなく、天寿を全うしてもなお、己の亡骸を大樹に変えて坊主のそばに居続けたのかもしれない。それほどに執着すればこそ、祟る気持ちも理解ができる」

春菜は老婆の姿を思い出していた。醜《みにく》く老いさらばえたあの姿。硬化してヒビが入った灰色の足。あんな姿になるまで、ずっと、人柱になった坊主を慕《した》い続けていたのだろうか。かやせ……戻せ……悲痛な叫びが、すとんと春菜の腑に落ちた。

「そうです、たぶんそうだったのですよ。旅の坊主が山蛇に会うエピソードと同様に、口伝には物語性が加わることが多いのです。老婆が桜になるよりも、娘が桜になったというほうが、ずっと、なんといいますか……そう。ロマンがありますからねえ」

指先に煙草をはさんだままで、仙龍は魂呼び桜の樹影を指した。

「桜が咲かないのがその証拠。魑魎は祟ることにエネルギーを使って、花を咲かせることができずにいるんだ。人柱を返さなければ、枯れるまで祟り続けるだろう」

小林教授は、困ったような顔で仙龍を見上げた。

「仙龍さんは、せっかく掘り出した文化財をもとの場所に返せと仰るのですか？」

「魑魎の身になって考えるなら、それが一番いいでしょう。坊主一筋に思い焦がれて、死んでからもあの場所で、坊主のために花を咲かせていたわけだから、そりゃ、簡単に諦めるはずはないですよ」

「ふうむ」

小林教授は考え込んでしまった。

「でも社長、土地は限界なんじゃないっすかね。八百年も地滑りせずにいた場所が、この春になって動いたっていうのも、そういうことなんじゃないかと思うんすよね」

「そういうことって?」

「だから、限界」

「まことにまことに。桜は人柱もろともに倒れて死ぬる覚悟であったのかもしれん」

いつの間に目を覚ましたのか、車の中から和尚が言った。

「数百年を生きた魍魎じゃ。土地が抜けることも悟っておったのやもしれぬ。ところが時代は大きく進み、技術が高じて、ともに大抜けするはずが、己のみ丘に残ってしまった。それでも遺骨が土に埋もれておればそれでよかった。一緒に朽ちればよいだけのこと」

「それなのにザルガメが見つかって、遺骨は持ち去られてしまったのね」

「あー……まあ……そう考えてみると、祟りたい気持ちもわかるっすよねえ」

「ところがそこが問題ですねえ。人柱が、しかも伝承に添った形で、これほど顕著に見つかった例は、ほぼないと思われます。史実としても民俗学的な資料としても、その価値は計り知れないわけでして、またあの場所に埋め戻すことはできないでしょう。今となりましてはねえ」

「そうよのう。さすれば仙龍、これをどう納めるつもりだ」

雷助和尚は後部座席のドアを開け、両足をブラブラさせてそう訊いた。

「盛り上がっているところを悪いけど、今回はクライアントがいないのよ。まさか酒一升で和尚が協力してくれるわけ?」

ここはビシッと言っておかないと、アーキテクツに不当な請求をされても困る。

すると和尚は「ほほほ」と笑った。

「よいのじゃ、よいのじゃ。今回はのう、儂は娘子ではなく、棟梁にお布施してもらうつもりゆえ」

「あの棟梁が、なんで出すのよ。お布施って、つまりお金でしょ？」

「ひ、み、つ、じゃよ」

雷助和尚はそう言って、もっともらしく腕を組む。

煙草の吸い殻を携帯灰皿に押し込んで、仙龍はため息をついた。

「方法がひとつある」

「どうするの？」

「魂呼び桜を曳いてやるのさ。お堂の脇まで」

「え？」

いったい何を言い出すのかと、春菜は再び丘を見上げた。桜の樹高は十三メートル強。広げた枝もまた、幅十二メートルを超えるだろう。幹は太く無骨だが、細長い枝は繊細だ。しかも樹木は大地に深く根を張っている。いくら仙龍が曳き屋だからって、あれをどうやって移動させるというのだろう。

「家じゃないのよ？　石碑でもない。あんな大きな桜の木を、どうやって移動させるっていうのよ」

風が仙龍の前髪を掻き上げたので、凜々しい眉と涼しげな目がよく見えた。

「言ったろう？　山でも城でも巨木でも、曳き屋に曳けないものはない」

その言葉どおりにコーイチも、すでに桜を曳く前提で言葉を発する。

「地面が緩くて危険だし、あの場所から曳けるんすかねえ。てか、土台はなんとかなるとして、木が古すぎてダメージが大きいんじゃ」

「棟梁の知り合いに造り師がいる。彼にも一枚嚙んでもらおう」

「でも……それって、すごく大がかりなことなんじゃ……」

春菜が言うと、仙龍は頷いた。

「そうだな。ざっと見、重さは百八十トン。根回りだけでも数メートル。あれを動かすには家墓を動かす必要があるし、地盤が軟弱なので事前工事も必要だろう」

「すごくお金がかかるわよね」

「そうですねえ、大変なことですねえ」

と、教授も言った。

「ただし、いい案がありますよ」

小林教授はニコニコしながら手拭いを外し、再び自分のメガネを拭いた。腰に巻いたコルセットが痛々しいが、表情はすっかりいつもどおりに戻っている。

「あれが魂呼び桜とわかったからには、曳き移転の助成金を申請できるかもしれません。ねえ、春菜ちゃん」

「私ですか？」

いつも飄々としているくせに、小林教授はしたたかな面も持っている。春菜は必死に考えた。助成金。助成金。助成金を受けるには……。

「幸いと言ってはあれだけど、未憐寺の丘は地滑りしたたし、魂呼び桜も銘木《めいぼく》みたいだし、このままあの場所に置いておいたら枯れてしまうということで、移動費用を申請できるかもしれないわ。南鞍寺のご住職に話を通して、弊社で手続きを進めれば」

すかさず教授が合いの手を入れる。

「アーキテクツさんが書類を出してくれますと、私のほうもやりやすいですねえ。なにより人柱と桜の関係を思えば、民俗文化財としての価値も上がります。そうなりますと、人柱の文化財申請も通りやすくなるというものですよ」

教授には敵わない。いいように乗せられた気もするが、たしかにアイデアは秀逸だ。

「家墓を動かすんなら、内山家の協力と、あと、地区の人たちの承認も必要っすよね」

「そっちも私が話を通すわ。資料館にはならなかったけど、文化財が増えるなら、付随して案内板関係の仕事が出るはずだから……そうか……」

春菜はポンと手を打った。

「桜の巨木を曳くときに、協力費を募ったらどうかしら？　宣伝して、見学者を集めて、寄付金の箱を回すのよ。大きな金額にはならなくても、多少は地区に還元できるわ」

「流れが向いてきたようだのう」

雷助和尚は呑気に言って、首の後ろをボリボリ掻いた。

「而して祟りのほうはどうする。相手は死霊と化した魍魎ぞ。しかもすでに絶望して、誰彼かまわず憑き殺しにかかっている。集落すべてを滅ぼすほどの怒りようだが……」

首を掻く手を懐《ふところ》に入れ、和尚は眩しそうに丘を見上げた。

「あれが見えるか？　娘子よ」

あれとは何のことだろうと、春菜は和尚の視線を追った。そして丘の中腹に、焔《ほむら》のごとき瘴気を見た。魂呼び桜の周囲から真っ黒に揺らめき立つ瘴気。さっきは白黒写真のようだと思ったが、そのせいで家墓のまわりが煤《すす》けているのだ。瘴気の先は細長く伸び、宙を掻《か》き毟《むし》る指先のように震えている。かやせ……もどせ……魂呼び桜の慟哭《どうこく》が、春菜には聞こえるようだった。

「黒い煙が噴き出てる」

「恐るべき瘴気よのう」

和尚は言った。

「早急に止めねば何かが起こる。大抜けか、流行病か、殺人か、いずれにしても、おぞましい大惨事が」

小林教授は拭いたメガネを掛け直し、目を眇《すが》めて丘を見た。

「ああ残念。私にはわかりませんが、でもなんとなく、桜のあたりが暗い感じはしますねえ。けれどお堂を建てるのも、申請にも、相応の時間がかかりますから、今すぐ祟りを止める方法を考えないと、剣呑《けんのん》なのではないでしょうかね」

「どうする仙龍」

和尚はまた仙龍に訊いた。

「直接話をしてみるか」

丘を見上げて仙龍が言う。すると和尚はニマリと笑った。

「話すとな?」

「今は魍魎でも、もとは人間。心を尽くせばわかり合えぬはずもない」

「どうやって話すんっすか? つか、そんなことできるんすか」

まったくコーイチの言うとおりだ。木は木であって人ではない。それなのに、どうやって心を通わせるというのだろう。考えていると、仙龍は春菜に体を向けた。

「手伝ってくれ」

「え。私?」

「そうだ。ゆうべ老婆の霊と話したと言ったな?」

「話したっていうか……」

一方的にのしかかってきて、恨み言を言われただけである。

「夜を待って丘へ行く。教授も、それでいいですか？」

春菜の言葉を待ちもせず、仙龍は教授に訊ねた。

「もちろんですとも。桜の精と話をするなぞ、ますますワクワクしますねぇ」

教授は心から嬉しそうに言って、

「ところで、日が暮れるまでには少し時間がありますが」

ニコニコしながら、行きたいところがあるので連れていってくれないかと仙龍に頼む。

そこで一同は仙龍の車に乗り合わせ、なぜか、桜の名所高田公園近くの髙橋孫左衛門《たかはしまござえもん》商店に連れてこられた。

「こちらは江戸時代から四百年以上も続く飴《あめ》屋さんでしてね。私はここの翁《おきな》飴が、大好物なんですよ」

今朝は腰を庇って資料館の図書室にふんぞり返っていたというのに、教授はそそくさと車を降りて、翁飴を買いに出ていった。

「あ、あんまり慌てると危ないっすよ。教授、小林教授ったら」

コーイチが慌てて後を追ったが、小林教授は振り向きもしない。その現金さに、春菜はなんだか笑ってしまった。こんなときだというのに。

「教授って、いつも、どんなときにも、いい意味でマイペースよね」

「それを言うなら娘子ものう」

後部座席に斜めになって、雷助和尚が春菜に言う。

「そのような顔をして、さぞかし怖い思いをしたのであろうが」

「顔、顔って、私そんなに酷い顔をしている？」

「おまえのほうが幽霊みたいだ」

仙龍が静かに言った。

「おまえがサニワを持っていることに、魂呼び桜は気づいたんだろう。それなのに、おまえが人柱を移す計画に荷担したから、おまえに憑いて、祟ろうとしている。雷助和尚はそれに気づいた。三途寺でおまえの顔を見たときに」

「嘘よね？　老婆は私に祟っていたの？」

仙龍は目を見開いて、それから「ははは」と、声を立てて笑った。

「普通は気が付くだろう？　死霊が布団にのしかかってきたら」

「だって……ただの夢かもしれないじゃない。金縛りは脳が睡眠中で体が動かない現象だっていうし、それに、祟りだ祟りだって騒ぐから、そのせいで夢に見ただけかも」

「本当にそう思っていたのか？」

「まあ……少しは怖かったわよ」

とうとう認めた。もちろん昨夜は怖かったのだ。そのせいで一睡もせずに夜を明かした。眠ればまた老婆が来る。それは確信に近い恐怖だった。そうして今も思っている。老婆は今夜も来るだろうと。

死んだ井口氏もそうだったのだと思う。恐怖に怯えて眠らなければ、人は幾日で死に至るのか。井口氏は二週間ともたなかった。

「仙龍が解決を急ぐのはそのためよ。棟梁が三途寺にお布施をするのも、娘子のためである。娘子は隠温羅流の大切なサニワゆえ。それを本人が気づかぬとはの、愉快じゃのう」

仙龍が解決を急ぐのも、あの棟梁が身銭を切るのも私のため？　死霊に憑かれていたのは仙龍ではなく、私だったの？

嬉しさよりも先に自分のマヌケさが身にしみて、体中《からだじゅう》の血液が、一気に頬《ほお》に集まった。春菜は真っ赤になって言葉を失う。ちょうどそのとき、買い物の包みを下げて小林教授が戻ってきた。コーイチがドアを開け、和尚の隣に教授を乗せて、自分は反対側のドアから車に乗り込む。春菜は密《ひそ》かに自分の頬を叩いた。

「買えました買えました」

教授は包みをガサゴソさせて、四角くて半透明の、餅のようなものを一同に配った。

「これが翁飴です。さあどうぞ、食べてみてください」

それは飴というよりゼリーのような物体だった。柔らかく、もちもちとして、ほんのり甘い。まだ恥ずかしかったので、春菜はわざとらしく感想を述べた。

「こんなの初めて食べたわ。美味しい」

人生初の食感と味なのは嘘じゃない。シンプルで素朴だからこそ余計に、この味を受け継いできた職人の心意気を感じる。人の手がつくり出すものの不思議な力が体に染み入ってくる。春菜はしみじみと幸せを噛みしめた。

「そうでしょう、そうでしょう？　ほかオススメは笹飴で、笹の香りが絶品ですが、ここのは砂糖を使わない粟《あわ》飴なんですねえ。歯にくっつくのが難点で、食べるときに噛んではいけないのです」

どれだけ飴を買い込んだのか、教授は大きな包みを大切そうに抱えている。

飴屋に近い高田公園はまさに桜が満開で、教授は通りから花を眺めつつ、さらに車を回してほしいと指図した。暖かな日射しの下をゆく人々を眺めながら、春菜は、綿々と受け継がれてゆく土地の上に、今も人々が息づいていることが不思議に思えた。

旅の坊主に懸想して、死してのち魍魎となった老婆もまた、同じ人間であったというのなら、人間とはあまりにも深くて奇っ怪な生き物だ。魍魎と話すと仙龍は言うが、そんなことがはたして可能なのだろうか。

「ここですここです。ちょっとお時間を頂戴しますが」

ぼんやり考えているうちに、車は殺風景な建物の前で停まった。

小林教授は買ってきた飴の中から包みをひとつ取り出すと、

「さあ春菜ちゃん、行きますよ」と、春菜を手招く。

どういう意味かと顔を上げると、建物には『上越地域振興局妙高砂防事務所』と記されている。春菜はにわかに背筋を伸ばし、手櫛《てぐし》で髪を整えてから車を降りた。

グレーの作業服にコルセットを締めた小林教授は、ニコニコと春菜を待っていた。


退院の報告にかこつけて、教授は砂防事務所の所長に春菜を紹介してくれた。

猿沢地区で地滑りが起きたとき、ザルガメの調査と同時に砂防事務所の関係者らが被害調査に現地入りし、そのときに面識ができたのだという。

人柱の発見はすでにニュースなどで取り上げられており、同地が注目を集める可能性に鑑《かんが》みても、地滑り試験地や資料館の設置計画を進めるべきだと所長は語る。春菜は自分の名刺を添えて、ここへ来られたら提出しようと思っていた資料一式を手渡した。


思いがけず所長と話が盛り上がり、春菜と教授が砂防事務所を出ると、すでに夕方になっていた。駐車場の車で仙龍たちは待っていたが、ただ時間を潰していたわけではなく、策を練っていたらしい。二人が戻ると仙龍は、

「まだ大丈夫か」

と、春菜に訊ねた。寝不足と恐怖で満身創痍《そうい》という体だった春菜は、営業に光が見えてきたとたん、目の下のクマを一匹追い出したほどには活力を取り戻していた。

「気持ちも体も大丈夫だけど、またお婆さんの顰蹙《ひんしゅく》を買うような話をしてきたから、なんにせよ、早く決着をつけたいわ」

「勇ましいことだな」

仙龍は言って、エンジンを掛けた。

車は再び猿沢地区へ戻り、すっかり日の暮れた未憐寺の丘を上っていく。丘の周囲には家がなく、もちろん街灯も点いてはいない。天辺《てっぺん》に林立する針葉樹が、刺さるように群青の空に立ち、風に樹形を揺らしている。桜も家墓も闇に沈んで、地面に敷いたブルーシートだけが微かに光を弾いている。外灯のない細道は、車のライトが当たる部分にだけ、いきなり景色が湧き出してくる。どこかの家から夕餉《ゆうげ》の煮物が香っていたが、丘に入る頃にはそれも途絶えて、あの生臭い土の臭いが濃厚になった。

「ヤバい臭いがしてないっすか」

後部座席でコーイチが言うと、とたんに春菜は総毛立った。

まさしく自分もそう感じていたからだった。

「野ざらしのごとき臭いよのう……時を超えて鼻に来る……おぞましや」

雷助和尚は数珠を出し、胸元でたぐりながら念仏を唱え始めた。いかに知らん顔を決め込もうとも、怪異になど興味のないふりをしようと、魂呼び桜に近づくにつれ、春菜の手足はしんしんと冷たくなっていく。瘴気の濃さが、この前とは明らかに違うのだ。空気も地面も空も風も、純然たる敵意に満ちている。仙龍が一緒でなかったら、絶対に近づこうなどと思わなかったことだろう。

「ものすごーく、寒いですねえ。底冷えがするといいますか……」

さしもの教授もそう言ったきり、あとは口を閉じてしまった。

車内にいるのに吐く息が白い。どうしよう。このまま進んでいいのだろうか。探るような目で前方を見ても、ライトの外は真っ黒だ。桜も家墓も何も見えない。春菜は暗がりに目を凝らし、そして、何かがチカリと光るのを見た。

まだ月も出ていない春の夜は、空のほうがいっそ明るい。ツンツンと針葉樹の並ぶ丘は真っ黒だったが、その中腹で、確かに何かが光っている。最初はひとつだけだと思った。しかし、じっと見ていると、小さな光がチラチラと蠢《うごめ》いているのがわかる。

なんだろう。瘴気はいよいよ濃厚になり、肺のあたりがシクシク痛む。まるでこの丘一帯だけ、空気がないかのようだった。雷助和尚の念仏と、タイヤが土を踏む音を聞くことしばし、突然、ライトに車体が浮かび上がった。人影もある。春菜は仙龍を振り返ったが、仙龍は無言のまま車を停めた。

「あ。棟梁」

後部座席でコーイチが言う。

暗闇に立つ者がいて、近づくにつれ、それが棟梁と隠温羅流の職人たちであることがわかった。仙龍に続いて車を降りると、春菜は目を瞬いて彼ら一人一人を認識した。

瘦せて小さな体ながらも鋼のようなオーラを発しているのが棟梁で、その後ろに立つ四名は、珠青の亭主青鯉と……。

「軔《はじめ》さん、転《ころ》さん、茶玉《ちゃだま》さん？」

「どうも、お嬢さん」

職人たちは頭を下げた。闇にも白い歯が見えて、春菜は百人力を得たような気がした。

隠温羅流の四天王と称されるほど重責を担う仙龍の部下たちである。

「さすがに姉《ねえ》さんは記憶力がいいですね。よくぞ職人たちの名前を覚えなすった」

棟梁は春菜を褒めてから、

「悪かったね和尚。それに先生も、腰の案配はいいんですかい？」

と、後部座席を降りてきた面々に挨拶した。

「腰はピンと伸びましたねえ。なんといいますか、青鯉さんたちの姿を見て、救われた気がしています。突然この寒さですからね」

「ただの寒さじゃねえですから、瘧《おこり》を患わないようにしてくださいよ」

それから仙龍に顔を向け、

「明るいうちに見ましたがね。まあ、曳けねえこともねえでしょう」

と、魂呼び桜へ顎をしゃくった。

「地面はどうだ。大丈夫そうか？」

仙龍が訊くと、軔が答える。

「鉄板を敷くには地面を叩く必要がありますが……まあ、下まで移動できれば、あとは横様に道を作って……なんとか行けると思いますがね」

手にしたペンライトを桜のほうへ移動させ、青鯉が半歩出る。

「それにしても、心配なのは木のほうですよ。とにかく、この瘴気をなんとかしないと」

青鯉の声は頭上から聞こえる。背が高く、涼しげな風貌の穏やかな男だ。仙龍は春菜に状況を説明した。

「おまえが仕事をしている間に、桜が曳けるか見てくれるよう頼んでおいたんだ。この土地はいま憎悪に充《み》ち満ちているからな。木と話すにも相応の覚悟がいるというわけだ」

相応の覚悟と聞いて、春菜は厭な予感しかしなかった。もしかしたら、そのために雷助和尚が呼ばれたのだろうか。

「また危険な真似をするつもりなの？」

「そうだな」

仙龍は笑い、「やめておくか？」と、春菜に訊いた。

「手伝ってくれると言ったよな」

何をどう手伝えばいいのだろうか。春菜はその意味を求めて自分を取り巻く男たちを振り返ったが、彼らは至極真面目な顔で春菜を見下ろすばかりであった。

其の七

魍魎桜

魍魎と話す準備は、闇の中で粛々《しゅくしゅく》と進められた。

いつの間にか天空に月が懸かって、未憐寺の丘に朧《おぼろ》な明かりが落ちている。春菜の目の前には内山家の家墓と魂呼び桜が、月明かりに白く浮かんでいる。永い年月を示すかのように地衣類のシミが墓石を這って、傾きかけた墓石や土台に目をやるだけで、なにか物凄いものを見ている気になってくる。細く垂れ下がる桜の枝が女の黒髪そのもののように右へ揺れ、左へ揺れて、突如襲い掛かってくるのではないかと思わせるのだ。雲の流れは速いのに、星は朧でよく見えない。薄めた闇が貼り付いたような夜空であった。

南鞍寺の住職がくれたお札を、雷助和尚はちょうどいいと取り上げて、青鯉、軔、転、茶玉にそれぞれ持たせた。地面に四角く線を引き、四隅に一人ずつ立たせると、教授と春菜を結界の中へ手招いた。

「コーイチも入れ。何があってもここから出るなよ?」

「わかったっす」

コーイチは庇うように教授の脇に立つ。

いったい何がはじまるというのか。春菜は黙って眺めていたが、夜が更けるにつれ、悪臭が耐えがたいほど濃厚になっていくのが怖かった。

棟梁は少し離れた場所に立ち、苦虫を噛み潰したような顔で準備の様子を見守っていたが、結界の後方に和尚が陣取り、地面で香を焚《た》きながら数珠を握ると、自分も結界に入ってきて、鬼門に当たる場所に仁王立《におうだ》ちした。

今宵《こよい》の職人たちは白い法被を纏っていないが、南鞍寺のお札を胸に挿し、隠温羅流の因が入った鉢巻きで、引き結んだ口と鼻をぐるぐる覆った。首の後ろでそれを縛ると、夜風に鉢巻きの先が舞い上がる。

「ではの」

囁くような和尚の声で仙龍もまた結界に入り、周囲の空気は一気に変じた。

棟梁も、コーイチも、小林教授も何も言わない。春菜はただ戸惑っていたが、和尚の読経が始まると、仙龍が正面に来て、春菜に両手を差し出した。

「おまえの力を貸してくれ」

わけもわからないままに、春菜はその手に手のひらを重ねる。ニヤリと仙龍が笑った気がした次の瞬間。彼はクルリと春菜を回転させて、後ろから彼女を抱き寄せた。胸の前で交錯した腕が、仙龍の腕につながっている。

「なに」「シッ」

頭の後ろで仙龍が囁く。

「おまえを通して桜と話す。しばらくの間、がまんしてくれ」

あまりに空気が冷えていたので、仙龍の体温はむしろありがたかった。そんな場合じゃないとわかっているのに、背中にピタリと彼を感じて、春菜の心臓はドキドキ躍った。

空気はさらに凍ってゆき、吐き出す息が真っ白になる。身動きすれば肌が切れそうな緊張感。和尚の読経は続いているが、あたりはさらに暗さを増して、いつしか風も止まっていた。

チーン……ンンンン……。

どこかで鉦《かね》の音がした。結界を守る茶玉と軔が、ビクンと背中を震わせる。

「きたぞ」

耳元で仙龍が言う。一陣の風が吹き抜けたのか、桜の枝が大きくたわむ。

その下で、何者かの眼《め》がぎらりと光った。

「我が名は仙龍。隠温羅流の導師である」

仙龍は穏やかな声で闇に告げた。

「久々野峠を越えてきた若い旅僧の話をしたい。其方《そなた》の想いを聞かせてはくれまいか」

なぜなのか、春菜は突然嘔吐《えず》きそうになった。もはや不穏な臭いは耐えがたく、足下から意識が抜けそうだ。目の前にあるのは闇ばかりだが、家墓の周囲がことさら暗く、そこでズルリと何かが動く気配がする。はっとしたのも束の間、大きくて黒いものが飛び出してきて、次の瞬間、それは目の前で砕けて散った。と、思う間もなくまた黒いものが吹き上げて、眼前で砕け散る。物凄い瘴気も結界の中には入ってこられないらしい。和尚の読経が大きくなって、四隅を護《まも》る者たちの上に細かい砂が舞い落ちはじめた。

「恐れるなよ？」

春菜を抱く手に力を込めて、仙龍が言う。

「俺がいる」

春菜はぎゅっと眼を瞑《つぶ》り、仙龍の体温だけを感じようとした。自分自身の思考は止めて、仙龍に全霊を預けていく。

チーン……ンンンン……。

また鉦が鳴り、かぶさるように風が逆巻《さかま》く。風は轟々と吠えながら、木も、家墓も、丘すら揺さぶるように地面が震える。それでも春菜は仙龍の鼓動だけを数えていた。

「どうか話を聞いてくれ」

仙龍は闇に語った。

「俺は名乗った。それが誠意だ。おまえはここで死んだ女だな？　久々野峠を越えてきた坊主の……おまえは、なんだ？」

——……女房だ……——

闇のどこかで声がして、春菜はひっそりと目を開けた。

風がやみ、霧が晴れたかのように視界がひらける。春菜の前には家墓があり、月明かりに照らされた延石《のべいし》の前に、若い女が立っていた。黒々とした長い髪。凛《りん》とした眉に細長い眼、色白で瓜実顔《うりざねがお》の、十五、六の美人であった。薄紅の花を散らした白い小袖《こそで》に若竹色の裳袴《もばかま》を着けているが、草履を履いた足だけは、老婆と同じ灰色だった。

――……里の大姫……吾は里の大姫じゃ……――

少女が小さな声で名乗ると、小林教授が呟いた。

「鎌倉時代の初期までは、女性に名前はなかったのですねえ」

「シーッ」と、コーイチが教授を諌《いさ》める。

「この里の娘か」

――いかにも――

「永く人柱を弔《とむら》ってきたのに、それが掘り出されて連れ去られたのを恨んでいるのか」

少女は上目遣いに仙龍を睨み、真っ赤に変じた両目から生き血を流さんばかりの形相になった。小鼻のまわりに皺が寄り、赤い唇は見る間に裂けて、般若の面さながらのおぞましい顔に変じていく。その背後から、呪いの焔が燃え立つようだ。だが、仙龍は怯まずに先を続けた。

「事情も知らずに犯した無礼を許してくれ。また坊主の骨と添えるようにしてやるから、どうか許してほしい」

魍魎は射貫《いぬ》くような眼で仙龍を睨んでいたが、その眼差しを真っ向から受け止めて怯まぬ仙龍と睨み合ううち、彼の誠に気づいたようだ。全身から触手のように瘴気を吐きつつも、ゆるゆると少女の顔を取り戻していく。

――まこと、それを吾と約すか――

魍魎は訊く。春菜は恐怖と緊張のあまり、固く握った仙龍の手が確かに自分を抱いていることを確かめずにはいられなかった。

「約束する。坊主の亡骸はお堂を建てて手厚く安置し、供養する。そして里の大姫よ。同じ場所へ、俺がおまえを連れていく。そうすれば、二度と離れることはない」

風が少女の髪を巻き上げている。頬は白く、唇は赤く、潤《うる》んだ目はひたすらに黒い。

「それには少しばかり時間がかかる。準備がいるんだ。どうか承知してくれないか」

なぜだろう。春菜は考えていた。

伝承の娘は死ぬまで丘に通い詰め、未憐寺に庵を結び、老婆として死んだのではなかったか。毎日毎日歩いた足は灰色になり、ひび割れて、少女の足は老婆のそれとまったく同じだ。けれどもそれ以外の姿は瑞々《みずみず》しくて、悲しいまでに美しい。こんな娘が恋に憑かれて、老いさらばえて、死してなお恋人のそばから離れることを拒《こば》んだなんて。人は、そんな恋ができるものなのだろうか。

それほどまでにお坊様のことが好きだった？　生涯忘れ得ぬほどに、死んでも忘れ得ぬほどに？　心の中で、春菜は少女に問いかけた。

——お坊様は尊いお方……我が村を救ってくださった……——

春菜の脳裏に映像が浮かぶ。旅僧と少女が屋敷《やしき》の庭先で出会った刹那。ひと椀の水を求めて立ち寄った若く美しい旅の僧。その清冽《せいれつ》な佇まいを見たとたん、少女は恋に打たれたのだ。家の者らが現れて、僧侶を屋敷に招き入れる。信仰を持つ身を尊きとして僧侶を歓待したのだろう。彼が逗留《とうりゅう》する間、少女はかいがいしく世話をした。そして。

ああ、そうだったのか。

春菜の頬を涙が伝った。二人は間もなく情を通じて、互いの小指に結ばれた赤い糸を確かめ合った。僧侶の女犯《にょぼん》を厳しく禁じるようになったのは、奈良時代以降と聞いている。それでも二人は、きっと、たぶん、夫婦になりたかったのだろう。けれど土地には障りがあって、地滑りに悩む村人たちに袖《そで》を摑まれ、懇願されて、僧侶は答える。大姫の前で。

——衆生済度は仏に仕える者の本命。拙僧が人柱になりましょう——

「お坊様はあなたの代わりに、人柱になったのね？」

仙龍の腕の中から春菜が訊ねると、少女はコクリと頷いた。

——生け贄は村長《むらおさ》の娘から。そうでなくては治まらない——

その時代、村長はそうして村を治めていたのだ。我が身を挺して村を護った。人柱が必要ならば、先ず村長の家の誰かが人柱に立たねばならなかった。若い僧侶が土に埋もれたのは、ひとえに、里の大姫を救うためでもあっただろうか。

夏だった。未憐寺の丘に蟬《せみ》の声が響き、村から丘まで幾本もの幟《のぼり》を掲げた人々の列が続いていた。先では村の若者たちが、斜面に穴を穿《うが》っている。穴の脇には櫓《やぐら》が建てられ、大きなザルガメがその下にある。ザルガメは荒縄で櫓に吊《つる》されて、梃子《てこ》を使って動かすのだろう。僧侶は白い衣を纏い、筵《むしろ》敷きの地面を歩いてきて、読経しながら切れ長の目で少女を見つめた。何ともいえないその表情。太陽が照りつけて、草いきれがして、僧侶の深く澄み切った瞳に、少女はただ、ただ、手を合わす。

神々しくも尊い姿。そのオーラを纏ったままに、僧侶は静かに穴に座す。若者たちがザルガメを引き上げて、そして、僧侶の頭上に誘導していく。ありがたや、ありがたや、ひざまずいて拝む大勢の人。ザルガメが下がるたび、読経の声も薄れていく。

――坊様……坊様、お坊様……吾の……坊様――

僧侶がザルガメに呑まれる瞬間、春菜には、それが仙龍の姿に思われた。

――恋しい……愛《いと》しい……狂おしい……せめて一緒に埋まりたかった……――

こんな恋をしたならば、どうしてほかの男に嫁げよう。その瞬間、里の大姫の心には、永遠に尊きものとして僧侶の姿が刻まれたのだ。

仙龍、わかって、彼女の気持ちを。心の中で春菜は言う。すると仙龍が頷いた。

「おまえの気持ちはよくわかった。必ずお堂のそばへ連れていくから、俺たちを信じて待ってほしい」

その声に春菜は再び涙を流した。

恋人を喪った大姫の涙が自分を通って溢れ出るという不思議な感覚。春菜は自分が空洞になって、大姫と仙龍を通わせているような気持ちがした。

死してなおこの世に留まる老婆について、男狂いの執念深い女と思う気持ちがどこかにあった。けれど本当の想いを知った今、その純愛をどうして嗤うことができようか。恋の盛りに美しい思い出だけを残して仏になった愛しい僧侶。わずか十五、六の少女なら、その恋に生涯を囚われるのも当然だろう。

大姫の瓜実顔が闇に白く浮かんでいる。

もはや敵意は感じられず、むしろ清々とした表情である。

――……どうぞ……お頼み申します……――

里の大姫が頭を下げたとき、春菜は体中の力が抜けて、くずおれた。

しっかりしろと抱き起こされたとき、春菜はまだ泣いていた。

魂呼び桜の熱い想いが体にこもって、半身が桜に、半身が大姫になってしまったような気がした。春菜自身は肉体を追い出されて、動けない自分を俯瞰しているような感覚だ。

体は萎《な》えて立つこともできず、ぐったりしたまま泣き続けている。

「どうれどれ」

雷助和尚がやってきて、仙龍と場所を替わり、春菜をグッと引き起こし、両肩に手を置くや、背中を膝で突き上げた。その勢いで肺から空気が押し出され、詰まっていたモノが外に出て、新しい酸素が肺を満たした。春菜は酷く咳《せ》き込《こ》みながら、雷助和尚ではなく、仙龍にやってほしかったと思った。

「大丈夫か？」

ひざまずいて仙龍が訊いたので、

「ゲヘッ、大丈夫、ゴホッ、なわけ、ないでしょう」

と、文句を言った。抱きしめられたり腰が抜けたり、泣いたり突かれたりと散々だ。

「悪かった。だが、おかげで俺にも桜の精の姿が見えた」

「見えた？　仙龍も？」

仙龍は静かに頷く。

「婆さんではなく、娘の姿をしていたな」

四隅に立っていた職人たちも鉢巻きをほどいてその場を離れ、髪の毛をかき回して、降ってきた土を振り落としている。

「けっこうきつかったなあ」

肩口を払いながら転が言う。里の大姫が降らせた土の量はかなりのもので、体中が土まみれになっている。

「途中で息ができなくなるかと思いましたよ」

「あっしらの何倍も生きて魍魎になった姐《あね》さんだ、なめてかかっちゃいけねえよ。きちんと敬意を払わなきゃあ」

そう言いながらも棟梁は、

「まあ、無事でようござんした」

と、春菜の手を引いて立たせてくれた。

「若にも見えたんですかい？　その、魍魎の姿ってやつが」

「色の白い、下ぶくれの顔をした少女だった。澄んだ心の美しい娘のように感じた」

「花びらの小袖を着ていたわ。足だけは老婆のものだったけど」

「なるほど。いかにもけなげよのう。良人《おっと》に見せたい姿がそれだったのじゃろう。最後の力を振り絞り、最も美しい姿で現れたのじゃ。おそらくは、サニワの心に感応したゆえ」

「私がけなげだって言ってるの？」

「そういうわけじゃぁ、ありませんがね。まあ、そこはそれってことですよ」

棟梁はニヤニヤと笑っている。

「若は朴念仁ですが、それでも女子衆《おなごしゅ》には人気があるんで。魂呼び桜も若を見て、昔のことを思い出したんじゃぁねえですか」

「このうえ桜にまで懸想されるっていうの？　仙龍が？」

もうたくさんだと春菜が言うと、男たちは声を上げて笑った。

「ほら、春菜ちゃん、あれですよ。空気が……澄んできましたねえ」

小林教授が空を見る。

薄白い夜空には、いつの間にか星が瞬いていた。


翌日。春菜は熱を出して会社を休んだ。

帰ってきたのが明け方だったし、一晩中丘の上で寒風にさらされたせいもある。魂呼び桜ではなく寝不足が祟って、風邪をひいたようだった。薬を飲んで寝ているうちに、仙龍たちはその後の計画を進めたようで、水曜に医者へ寄ってから出勤すると、なぜか営業のフロアに仙龍とコーイチの姿があった。

「高沢さん。大丈夫？」

受付の柄沢は春菜を見るとそう言ったが、

「もう大丈夫です」

と答えると、声を潜めて、

「けっこうなイケメンなのねーっ。鐘鋳建設の社長さん」

含みのある言い方をする。飯島も横から顔を出し、

「井之上部局長がお相手してるけど、高沢さんが来るのを待っていたのよ」

すべてお見通しだという顔で微笑んでくる。

春菜はなんだか恥ずかしくなった。仙龍なんか関係ないという顔で、背筋を伸ばして打ち合わせ用のテーブルへ向かう。

「おう。来たか、高沢」

「はい。ご心配をおかけしてすみませんでした」

「春菜さん、もう大丈夫なんっすか？　ホントに風邪すか？」

「ホントに風邪よ。祟りなんかじゃないから安心して。それが証拠に、一昨日も、ゆうべも、お婆さんは出てこなかった」

「顔色を見ると、そのようだな」

仙龍が白い歯を見せる。

春菜は後ろから抱きすくめられたことを思い出して、耳たぶのあたりが熱くなった。また熱が上がったのかもしれない。

「ん？　まだ顔が赤いな。無理をするなよ」

何も知らずに井之上が言う。春菜はプイッと俯いて、井之上の隣の席に座った。

「今も話していたんだが、鐘鋳建設さんは、お堂が建ったら完成式を取り仕切ってもらえ

ないかと相談に来てくれたんだ。まだ下話の段階だがな」

「完成式？　南鞍寺のお堂の？　人柱を祀る」

「そうだ」

仙龍は頷いた。

「高沢が、なにか提案したそうだな」

「あ。はい」

地区は予算が乏しいが、お堂の建立は急務なので、魂呼び桜を曳く様をイベントとして宣伝し、寄付を募ったらどうかと提案したと、春菜は井之上に説明した。

「建物ではなく桜の木を曳く？　そんなことができるんですか」

曳家ファンの井之上は、嬉々として仙龍を振り向いた。

「できます」

仙龍は即座に答えた。

「準備を含め、そこそこ大がかりな工事にはなりますが、曳くべきものを曳くのが仕事。樹齢数百年という巨木を曳いた例は過去にもあります」

「それはすごい。面白い」

井之上が身を乗り出してくる。

「今回曳くのは桜だし、そりゃ、動くのを見たい人は多いだろう。けっこうな集客になると思うが、現地に駐車場はあるのかな」

春菜は地区の様子を思い出しながら井之上に言った。

「地区には大きな複合施設がありましたけど、そこの駐車場だけでは足りないかもしれませんね。学校のグラウンドを借りるとか、役場の駐車場を借りるとか、観桜会のときに駐車場を手配する技術が活かせるんじゃないでしょうか。ルートを確認して、脇道を整備すれば」

「そうだな。轟に相談してみるか」

井之上はやる気満々に席を立ち、子細を確認するために轟がいる制作のデスクへ移動した。桜の曳家を楽しみにしているのは、集客層ではなく井之上じゃないかと春菜は思う。決して動くはずのない巨大重量物が動く様子を目にしたら、誰でも曳家のファンになる。けれど魂呼び桜の曳家には、越えなければならないハードルがまだ幾つもあるはずだ。

「家墓はどうするの？　移動できて、桜を曳けることになったってこと？」

こっそり訊ねると、仙龍はまた白い歯を見せた。

「昨日、また猿沢地区へ行って話をしてきた。ちょうど葬式があったしな。狭い集落で同じ日にふたつも葬式を出すなんて、誰もが不安がっていたし、みな葬儀会場に集まっていたようなものだから、思いのほか話がまとまるのは早かった。内山家でも丘が滑ったので家墓を共同墓地に移したいと思っていたそうで、ちょうどよかったと」

「本当に？　じゃあ、桜はすぐに動くのね」

「いや。先ずはお堂の建設だ。桜は生き物だからな。休眠している冬でなければ動かせない。昨日は造り師を連れていって、実際に桜を見てもらったんだが、やはり樹木自体が相当弱っているそうだ。枯れないようにできる限り手を尽くし、寒くなるのを待って曳くことになる」

コーイチがそのほかのことを説明する。

「これも昨日の話っすけど、猿沢地区では、人柱供養堂保存会って組織を作るそうっすよ。当面は地区の人たちがお金を出し合って建設費を賄って、お堂の管理もそっちでやるって。桜とお堂が並んだら、魂呼び桜を宣伝して、お花見の時期に寄付金を募って、それを管理費に充てるそうっす。そこで春菜さんの力を借りたいんすよ。宣伝とかいろいろは、うちはからっきしダメなんで」

「供養堂の建設も地元業者が請け負うそうだ。多少は安く上がるだろう」

「よかった」

春菜は心からそう思った。

「でも、桜なんすけど、やっぱ咲けないみたいっすね。昨日も見に行ったけど、蕾も芽も動く気配がないんすよ。眠ってるみたいだって造り師さんが」

「あれが咲かないと春が来た気がしないそうだ。地区の人たちは、心にポッカリ穴が空いたようだと話していたが」

なんとなくだが、良人を喪った悲しみを、里の大姫が地区の人々と共有しているのではないかという気がした。魂呼び桜は八百年もの永きにわたり未憐寺の丘から集落を見守ってきたわけだから、今年はその悲しみを、地区の人々と分け合いたいのではなかろうか。

「それと、信大の東さんっすけど、嘘みたいに熱が下がったって。春休み中も小林教授のところへ通って、申請書類をつくる手伝いをしてくれるみたいっすよ。なんか、いろいろとよかったっすね」

諸々がうまく進んだ一番の理由は、長坂パグ男が顔を出さなかったことではないかと春菜は思った。自分の事務所を建てようというのだから、小さな仕事にまでアンテナを張り巡らせて、ちょっかいを出す暇もなかったのだろうが、なによりそれが一番だった。

「まさかパグ男に感謝する日が来ようとは」

春菜は天敵パグ男の顔を思い出し、そしてすぐさま打ち消した。思えば引き寄せるという話もあるから、今は縁起でもないことからは遠ざかっていたいのだ。

窓の向こうには青空が広がり、風に花びらが舞っていく。どこから飛んでくるのか、それは桜の花びらだった。湧くように咲き、潔く散る。花の見頃は短いが、これほどに人を惹きつける樹木を春菜は知らない。

とんとん拍子に話が進んだ四月の下旬。桜も桃も咲き終えて、山里が萌黄《もえぎ》の色に包まれはじめた頃、決算期を終えようとする春菜の許に一本の電話が掛かった。

春の長雨がようやく上がり、爽やかに晴れ渡った午後のことで、春菜は人柱供養堂保存会の会長を買って出た南鞍寺の住職と現地で合流して、完成したお堂を見に行くために会社を出るところであった。

「はい。高沢ですが」

「仙龍だ」

切羽詰まったその声に、春菜は不穏なものを感じた。

「どうしたの」

「未憐寺がまた地滑りを起こして、魂呼び桜が倒れてしまった」

「えっ」

「すぐにこっちへ来られるか」

「今からお堂の現場へ向かうところよ。すぐ行くわ」

バッグをひっつかんで外に出る。

アパートの梅は新芽を吹いて、チューリップも疾うに茎だけになってしまったが、黒猫だけは相変わらずに、ベランダからこちらを見下ろしていた。

未憐寺の丘に駆けつけてみると、下の道路に車が何台か駐まっていて、数人が集まっているのが見えた。南鞍寺の住職や、仙龍の姿もある。空きスペースに車を停めて、春菜はそちらへ走っていった。見上げれば丘の斜面に魂呼び桜が倒れている。巨大な根は半分ほどが土から剝き出しになり、縦横に張り出していた長い枝は無残に裂けてひしゃげている。丘一帯が滑ったらしく、内山家の墓石は土に埋もれて見えなかった。

「仙龍」

声をかけると、住職や自治会長らの真ん中で、仙龍が振り向いた。そばにコーイチと、作業着姿の老人がいる。どこかで見た顔だと思いながら会釈をすると、

「どうも」

と、老人は春菜に笑いかけてきた。

そのはにかむような笑顔を見て、思い出した。日に焼けた顔、猫背気味な痩軀《そうく》に細長い目の老人は、春菜が営業を担当する藤沢《ふじさわ》本家博物館の庭師であった。

「親方じゃないですか。前に藤沢本家博物館でお目にかかった」

「覚えていてくれましたかい。あんときゃどうも」

「え。じゃ、棟梁の知り合いの造り師さんって」

「徳永造園《とくながぞうえん》さんだ。棟梁に紹介してもらって会いに行ったら、親方だったというわけさ。庭師だが、造り師でもある」

「造り師って？」

「お庭へ植える木なんかをね、あらかじめ造っておく職人のことでさぁ。木ってえのは生き物だからね。ここにこういう枝振りの、こういう木が欲しいと思っても、そうそう人間様の好き勝手にゃあいきません。植物には植物の矜持ってぇのがあるからね。だからいろいろな木を若い頃からお世話して、育てておく仕事ですよ」

隠温羅流の周囲には、こうした職人が多く集まる。

「親方には、相談してからずっと魂呼び桜を診てもらっているんだが、やはり難しそうなんだ。それと……」

仙龍は、供養堂の進捗《しんちょく》状況を訊ねるように住職の顔を見た。

「お堂のほうは順調ですわ。桜と人柱の因縁についても、地区のみなに話をしまして、誰一人嗤う者などおりませんでした。お堂本体も完成したことですし、そばに魂呼び桜が植わったら、さぞかし一幅の絵のようになるだろうと、地区全体が盛り上がっていたところでねえ。それが、まさか、突然こんなことになろうとは」

脇からコーイチが顔を出す。

「もともと雪解けで地盤が水を含んでたところへ、ここんとこずっと雨だったんで、もたなかったみたいっす。すでに亀裂が入っていたのもまずかったんすよね。きっと」

「じゃ、桜はどうなるの？」

里の大姫の姿を思い出しながら、春菜は造り師の顔を見た。

「あの樹はねえ、疾うに寿命が尽きてるんです。さっき仙龍さんと、そばまで上って見てきましたがね、裂けた幹の内部を見れば、よくぞ今まで生きていたってえ状態です。それが、こんなことになっちまっちゃ、裂けた部分から菌も入り込みますし、よしんば下まで曳けたとしても、枝の下に人が立つことを考えたら危険極まりないことですよ。儂としちゃあ、とても他人様を近づけられんと思うがね」

「そんな……」

頭が真っ白になるくらい、春菜は造り師の言葉に衝撃を受けた。

「それだけじゃないんっすよ」

拳を握ってコーイチが言う。一同はすでに情報を共有しているらしく、黙って春菜の顔を見ている。

「ちょっと見てもらいたいものがある」

「それもあって、今は地滑りについても静観しておるわけなんで。下手に警察や消防が入るとね、いけないというので」

住職は両腕を組んで頷いた。造り師があとを続ける。

「大人数では立ち入れませんから。二人ずつ、順番に行って見てきましたが、いやはや、なんとも……」

何を言っているのだろうかと、春菜が考えているうちに、コーイチがどこからか長靴を持ってきて足下に置いた。

「はい、春菜さん。これ履いてってください。それとこれ」

コーイチはさらに軍手とヘルメットを差し出した。

「え、この長靴を私が履くの？ 軍手と……ヘルメットも？」

「安全のためだ」

仙龍は返事を聞きもせず、春菜の頭にヘルメットを被せた。ぐいぐい押して角度を整え、顎の下でベルトを締める。

仕方なく、春菜は長靴を履いて、軍手をはめた。


仙龍は倒れた魂呼び桜まで春菜を連れていった。

すでに地面は動いていないようだったが、水を吸って足場が悪く、気をつけないと泥で滑って転びそうになる。造り師と共に現場を確認済みの仙龍は、足の置き場を細かく指示しながら春菜を斜面に登らせた。丘全体が滑ったためにさほど荒れた感じはないが、だからこそ余計に危険なのだと仙龍は言う。実際に現場に立ってみると、地滑りというのは、真綿で首を絞められるような怖さがあると感じた。ジリジリと、ジワジワと、浸蝕《しんしょく》されていく感じとでも言えばいいのか。ここに暮らす人々の心労を、改めて春菜は想った。

魂呼び桜に近づくと、下からは確認できなかった墓石が、斜面に行儀よく寝転んでいた。表層のみが滑るので土にまみれるということもなく、そのまま斜めに倒されている。けれど巨大な魂呼び桜は、倒れた拍子《ひょうし》に幹の一部が地面に触れて、大枝が無残に裂けてしまっていた。根の半分が土から剝き出しになり、折れ曲がった側根を痛々しく中空にさらしている。

これではとても助かるまいと、見た瞬間に春菜も思った。

「ここへ来い」

家墓の基礎石に立って仙龍が腕を伸ばす。その手を摑むと、仙龍は軽々と春菜を抱き寄せた。足場が悪いので立てる部分はわずかしかないが、その場所からは痛々しい桜の根元がよく見えた。

「見えるか？」

と、仙龍が訊く。根元に空いた穴のことをいうのだろうと目を凝らしてしばし、なんとなくではあるが、春菜は随所に違和感を感じた。

あ……っ。

声を出したか出さないか、わからないまま、さらに見入った。

目にしたものを、頭の中で、理解できる形にするまでに何秒もかかった。最初に気づいたのは人の指だ。いや、たぶん指だと思う。それは中手骨《ちゅうしゅこつ》あたりで長く伸び、関節の先で根に変じていた。次に気づいたのは腕だった。腕もまた、どこからが腕でどこからが根なのか見分けがつかない。根毛と泥が交じり合うなかに変色した布が絡みついている。ボロボロになってはいるが、繊維の織り目すら見て取れる。

魂呼び桜は亡骸から生え出たという伝説を、裏付けるような光景だった。

あまりのことにドキドキしながら、春菜はいつしか老婆の頭部を探していた。これが里の大姫だったとしても、どうしても、頭部を確認するまで信じがたい気持ちがある。それほどに、目前の光景は奇っ怪なものだった。

巨大な根は大姫が両腕を広げたようななりをして、黒々と地面から突き出している。春菜は大姫の頭を探して腰を屈め、暗がりに目を凝らしたとたん、驚きのあまり腰を抜かした。すかさず仙龍が支えてくれなかったら、斜面を転がり落ちていただろう。

大姫の頭は中央深くの暗がりで、春菜のほうを向いていた。

髑髏ではない。あの晩ここで話したそのままの、真っ白な瓜実顔の首だった。眉は黒く、唇は赤く、長い黒髪が八方に伸びて、幹を伝って枝となり、枝垂れて風に揺れていたのだと、思い知るようなその姿。

少女の首は目を閉じて、眠るようにそこにいた。

「見たか」

仙龍が頭上で訊いた。

恐ろしいとか、奇異だとか、騒ぐ気持ちにはなれなかった。しみじみとおぞましい光景だとは思ったけれど、むしろ人の業がこれほど深く悲しいものであることに、畏怖《いふ》の念すら覚えていた。仙龍の腕にすがって、春菜はその場に立ち上がった。

「どうするの？」

とだけ訊く。するとあまりに静かに、穏やかに、仙龍は答えた。

「隠温羅流は約束を守る。桜の寿命は関係ない」

寿命は関係ない。

仙龍の答えは二重の意味で春菜の胸に染み通った。何を成すのかが重要であって、そのために導師の寿命など関係ないと、そう言われたようにも思えたのだ。

「冬まで待てばこの木は枯れる。せめて命のあるうちに曳いてやる。すぐに準備を始めるつもりだ」

「準備にはどのくらいかかる？」

「最低でも一週間から十日はかかるな」

「わかった。こっちもすぐに、人柱の遺骨を移す準備をするわ」

そこから先は早かった。春菜はすぐさま井之上に事情を話して、冬を目処に準備を始めるつもりだった桜の曳家イベントを中止した。

桜の命はもはや風前の灯火だ。大々的に曳家を見せても、移動の途中で枝が折れ、観客の事故につながることも考えられる。しかも、無事に曳き終えられても、桜はもはや生き延びることができない。古木を曳く真髄は、里の大姫の願いを叶えることにある。

井之上は委細を了解し、せめて巨木の曳家を資料として残す手配を始めた。地滑り資料館の設営が決まった暁には、魂呼び桜と人柱、そして地滑りの関係を展示して、資料館を訪れる人に知ってほしいというのであった。こうした事実は放っておけば失われていく。その土地に根付く伝承を展示公開することも、春菜たちの大切な仕事である。

遺骨を移す法要の準備、地区住民への説明告知、書類の申請などを住職や小林教授が進める傍らで、春菜は人柱の遺骨を保管展示するためのケース作りや、備品の調達に追われていた。説明板や標識など、物理的に間に合わないものは後回しにして、とにかく桜が遺骨と再び邂逅《かいこう》できることに心を砕いた。

長年魂呼び桜を愛《め》でてきた猿沢地区の人々の同情と悲しみは尋常でなく、曳家の準備を進める仙龍や、お堂の内装を手掛ける職人たちの許へ、毎日のようにお茶や軽食が差し入れられた。お堂周囲の整備まではとても手が回らず、空き地は寒々と荒れ果てた様子であったのに、地区の人々が掃除をしにやってきて、石を拾い、枯れ草を片付け、その週の終わりには見違えるようにきれいになった。

丘の上では仙龍たちが、桜の根元をブルーシートで覆っていた。

自治会長と地主の内山、さらに住職が相談し、人骨が出たことは警察に届け出ないと秘密裏に決めた。事実は人柱供養堂の縁起としてのみ残すことにして、造り師は大姫の骸《むくろ》を丁寧にブルーシートの中に納めた。


地滑りから十日が経った早朝のこと、丘の中腹に魂呼び桜が立ち上がった。

裂けた幹はそのままに、傷ついた枝は切り落とされて、桜はほぼ半身を失っていたが、移動中に折れそうな部分を除き、造り師は残せる部分をすべて残した。

久しぶりに屹立《きつりつ》した老木は、細くしな垂れる繊細な枝を風に揺らした。枝は細く、黒々として、この季節には新芽を吹いていたはずの勇姿は微塵も感じられなかったけれど、風に柔らかく枝を揺らす様は、隠温羅流の職人や、大姫の亡骸を隠した造り師や、地区の人々に礼を言うかのようだった。

人柱供養堂までは坂を下って約五十メートル。そこから横に百メートル。移動場所には鉄板が敷かれ、その上に枕木とレールが載った。

「いよいよですねえ」

曳家の準備が始まってからというもの、毎日写真を撮りに来ていた教授が春菜に言う。一切周知しなかったにもかかわらず、準備が進むにつれて見学者の数は膨らんでいき、今では地区中の人々が魂呼び桜の曳家工事を見守っていた。

そしてついに春菜たちは、魂呼び桜を曳き移動する日を迎えたのであった。

現場へは職人以外立ち入れないので、人柱供養堂の敷地内から見上げていると、準備を終えたコーイチや棟梁たちが戻ってきた。今はまだ全員が作業着に身を包んでいる。

「十時に曳きはじめるそうっすよ。ちょっと準備してきます」

興奮した顔でコーイチは言い、隠温羅流の職人たちは、曳家本部として庫裡を開放してくれた南鞍寺のほうへ戻っていった。

現在の時刻は午前七時前。

春菜たちは魂呼び桜の曳家のために早朝から現場へ来ていたのだった。予定では曳家が始まると同時に人柱供養堂で遺骨の供養祭が開催される。小林教授も東ほか数名の助手を連れてきていて、今から人柱になった僧侶の骨を、お堂のケースに安置するところだ。

春菜の役割は供養祭に関わる仕込み一式で、青白の幕、生花に供物、地区のお年寄りが座るパイプ椅子、周辺の安全確認などのためには、井之上ほか三名の下請け業者を動員している。営業をするときは小洒落《こじゃれ》たファッションに身を包む春菜であったが、設営準備がある今朝はデニムパンツに綿シャツというラフな出《い》で立《た》ちだ。カッターナイフやビニール紐やガムテープが入った腰袋を下げて、薄い軍手をはめている。仙龍にヘルメットを被せられてからというもの、なぜか作業用スタイルにハマってしまった。

「こっちも始めるか」

井之上のひと言で、春菜は教授たちと別れて持ち場についた。

午前九時十五分。

設営を終えた人柱供養堂の敷地内に、早くも地区の人々が集まってきた。

四畳半程度しかない供養堂の内部は、正面奥にザルガメが置かれ、その手前のガラスケースに僧侶の遺骨が安置されている。骨のすべてが並べられ、参拝者と対峙するように頭蓋骨が置かれている。生花を供え、灯籠を置き、法要時に地区の人々がお参りできるよう香炉台も準備された。

すべてが整うと、春菜たちは南鞍寺の駐車場で式典用の黒いブレザーに着替えた。本日は住職も正装なので、この場で一般人に交じっていては格好がつかないからだ。再び供養堂へ戻ってみると、敷地内から丘を見守っていた人々がざわついている。なんだろうと丘を仰ぐと、真っ白な法被に着替えた仙龍たちが、徒《かち》で未憐寺の丘へ登っていくところであった。裸の胸にサラシを巻いて、白の股引に黒の地下足袋。キリリと額に締めた鉢巻きには隠温羅流の因が入っている。職人の数おおよそ八十名。列を成して現場へ向かう姿は壮観だ。仙龍はどこだろうと探してみると、先頭を行くのがそれだとわかった。曳家のとき、導師は五色の御幣を被るが、今日の仙龍は素のままだ。黒髪に鉢巻きすらしていない。

「家屋敷ではなく魂を曳くからじゃのう。今日の仙龍は白装束じゃな」

疑問を言い当てるかのような声がしたので振り向くと、小汚いジャンパーにサングラスをかけた人相の悪い男が後ろにいた。目深に帽子を被って、ジャンパーの下に迷彩柄のシャツを着ている。

「雷助和尚？」

「左様である」

和尚はニッと黄ばんだ歯を見せた。

「何やってるの、そんな格好で」

「シッ、声が大きいわい」

春菜は慌ててまわりを見たが、誰もがみな丘の職人たちに夢中で、和尚のことなど見ていない。小林教授の姿もすでになく、カメラを構えて魂呼び桜へ飛んでいってしまっている。こちらも現在井之上が、南鞍寺へ住職を迎えに行っている。お堂の脇にはマイクを立てて、供養祭の司会は井之上がすることになっている。九時半を過ぎれば地区の顔役や砂防事務所の関係者らも参列する。彼らを席に案内するのも春菜の役目だ。

「あれを見よ。曳家の前に魂呼び桜と話しておるわ。まこと隠温羅流の曳家は荘厳よのう」

和尚が言うので丘を見ると、職人たちは二列になって桜の前に整列していた。足を開いて背筋を伸ばし、後ろで腕を組んでいる。

まだ法被を持たないコーイチら見習い職人は、サラシだけを巻いて末席にいる。筋肉質の背中に鉢巻きが棚引き、それはそれで格好がいい。職人たちの前には四天王が、仙龍の脇に棟梁が立つ。仙龍のみがひざまずき、桜に頭《こうべ》を垂れていた。

ああ残念、もっと近くで見たかったと春菜は思う。

青々と空は晴れ、高く小鳥が飛び去ってゆく。やがて仙龍が頭を上げると、棟梁は胸に抱えていた白い塊を仙龍の頭に載せた。雷助和尚の言うとおり、フサフサと真っ白な御幣であった。

「セイッ！」

と、男たちの声がする。彼らは一斉に動き出し、魂呼び桜を曳く準備を始めた。

すでに鉄骨で嵩上《かさあ》げされた魂呼び桜をさらに高く持ち上げて、敷かれたレールに下ろすのだ。ずっと見守っていたかったけれど、法要の準備があるのでそうもいかない。

また振り向いたとき、雷助和尚はちゃっかりと野次馬の群れに紛れていた。

所定時間の少し前。

来賓がパイプ椅子を埋め、すっかり準備が整ったお堂の前に、黄金の法衣《ほうえ》を纏った南鞍寺の住職が現れた。井之上がマイクの前に立ち、供養祭のはじまりをアナウンスする。今回は曳家と供養祭が同時に行われるので、その理由を説明しなければならないからだ。

小林教授が呼び出され、一礼してマイクの前に立つ。

ついさっきまで丘にいたくせに、教授は如才なく戻ってきて、信濃歴史民俗資料館で行う講義さながら、滑らかな口調で経緯を語った。つまりは旅の僧侶が人柱となった経緯と、それを見守ってきた魂呼び桜の悲恋とを。

春菜は会場の様子に目を配っていたが、数珠を手にして教授の話に耳を傾ける人々の姿に胸が詰まった。この土地に生まれてこの土地で育ち、未憐寺の丘や魂呼び桜を己の血肉のように感じていた人々の、なんと大勢いることか。

そして隠温羅流の真髄は、彼らと過去をつなぐことだったのだと、今さらのように考えた。

丘の中腹に魂呼び桜は黒々と立ち、こちらを見下ろすように細い枝を揺らしている。その根元には仙龍がいて、たてがみのような御幣を揺らして、頭上に幣《ぬさ》をかざしていた。

「ソーレイッ！」

ひときわ大きな声がして、魂呼び桜が持ち上がる。曳家の準備は整ったのだ。

こちらでは香が焚かれて、南鞍寺の住職が立ち、人柱の供養が始まった。読経の声は朗々と響き、あたりを線香の香りが包み、地区の人々は頭を垂れた。

風がゆき、線香の煙が丘に流れる。その先で、ついに桜は動き始めた。

「ソゥーレイッ！　ヤーッ！」

高らかに響き渡る男たちの声。

桜は大地を滑るかのように、ゆっくり、ゆっくり動き始めた。

瓜実顔の大姫の、透き通る頬と赤い唇。恋に焦がれた少女の姿が、老いた樹形に重なるように春菜には思えた。八百年。人には気の遠くなるような年月《としつき》だけれど、桜になれば、あるいは魍魎に身を窶《やつ》すなら、それは一夜の夢に能《あた》う長さだというのだろうか。

丘のどこかでウグイスが鳴き、萌え出《いづ》る新芽が風に香った。桜はゆっくり丘を下り、やがて、春菜たちの前方遠くにその姿を現した。細長い道には一面に鉄板が敷かれている。鉄板の上にはレールが置かれ、隠温羅流の職人たちが桜と共にやってくる。綱を取る者、見守る者、腰を屈めてレールのずれを確認する者。身軽なコーイチや見習いたちは、先へ走り、後ろへ戻って、重い敷き材を操作する。桜の根元に立つ仙龍が、頭上で振る幣が指揮棒である。曳き屋師らが見える位置まで進んでくると、聴衆の視線はもう、彼らから離れない。

「ソゥーレイッ！　ヤーアッ！」

再び掛け声が上がったとき、純白の法被を着た職人たちが、レールの両側に別れて立った。魂呼び桜を先導している棟梁が、腹の底から響く声で、朗々と歌いはじめる。

――高砂《たかさご》や　この浦船に帆を上げて――

それは祝言の謡であった。三三九度の折などに謡われる寿《ことほ》ぎの歌だ。

――月もろともに入汐《いりしお》の　波の淡路の明石潟《あかし》――

呪《しゅ》を重んじる棟梁は、もともとの歌詞である『出汐《いでしお》』を『入汐』に替えて歌っている。花嫁が嫁ぎ先を出ていくことがないように、心を砕いて歌詞を操る。

そのときだった。魂呼び桜の枝垂れた枝が、波打つように大きく揺れた。あれよあれよと思う間に枝先の蕾が膨らんで、薄紅の花を次々に咲かせた。あの枝にも、この枝にも、裂けた幹にも、ひこばえからも。花は見る間に木を覆い、あたりに香気を振りまいた。

枝垂れた枝はさらに揺れ、人柱供養堂に向かってサラサラとなびく。

――近き鳴尾《なるお》の沖ゆきて　はや住吉《すみのえ》に着きにけり――

春菜だけでなく、もはやその場の誰も彼もが、敷台《しきだい》の上で満開を迎えた魂呼び桜に見入っていた。声を出す者は一人もない。内山婦人が語ったように、真っ黒な幹に薄紅の花を咲かせる魂呼び桜は、その光景を胸に抱いて死にたくなるほど美しい。

――……坊様、坊様、お坊様……恋しい……愛しい……狂おしい……せめて一緒に埋まりたかった……――

風に乗って、少女の声が、春菜には聞こえるようだった。

彼女は知っていたのだろう。樹木になって何百年待とうとも、すでに往生した恋しい僧侶とまみえることはできないのだと。だからこそ、春菜は人柱の遺骨に何も感じなかったのだ。桜は待って、待ち焦がれつつ、遺骨の上で花を咲かせ続けた。

くる年も、またくる年も、僧侶を想って。

花びらが風に舞ってきた。満開の花は急速に散り始め、吹雪となってあたり一帯を薄紅に染めた。降りかかる花を全身に受けて、男たちは大木を曳く。

あと少し。屈強な職人たちに見守られ、魂呼び桜がお堂に迫る。けれど春菜はもう知っていた。そこにあるのは亡骸だけだ。僧侶の魂はすでにない。

――恋しい……愛しい……狂おしい……坊様……坊様……お坊様……――

降りしきる花吹雪が大姫の涙に思われた。人の命と樹の命、ふたつの命を生き継いで、彼女はたった一人を愛し通した。

――姫よ――

深く、優しく、そうして甘く、どこかで呼びかける声がした。

見れば重く垂れ下がる花房の下、幣を振るう仙龍のその前に、一人の坊主が立っている。墨染めの衣を纏い、旅装束で、杖《つえ》と笠《かさ》とを持っている。見えないながらも坊主の気配に気がついたのか、仙龍は頭上にかざした幣を止めた。

その瞬間、職人たちの動きはピタリと止まった。

あとには降りしきる花吹雪だけがある。ヒラヒラと身を翻《ひるがえ》して散る花房の下、春菜の目には、僧侶の許へ駆け寄る大姫の姿がありありと見えた。

二人は手に手を取り合うと、仙龍に向き直って深々と一礼し、そして、足下からこぼれて消えた。満開の花も、あたりを霞ませていた桜吹雪も、次第に力を失ってゆき、次の風が吹き渡ったとき、桜は黒々と老いた樹形のみを衆目にさらした。

人柱供養堂一帯を薄紅の花びらで染め尽くし、魂呼び桜はその生涯を閉じたのだった。

エピローグ

季節外れに、しかも曳家の最中に、満開の花を咲かせた魂呼び桜は、新たな伝説として猿沢地区に語り継がれることとなった。

誰もが息を呑んで桜の奇跡を見守っていた最中、感動に包まれながらもシャッターを切り続けた小林教授のおかげで、奇跡は写真に残されたのだ。

その後、桜の巨木はお堂の敷地に下ろされはしたが、寿命を終えたことが明白であったため、植え直されはしなかった。巨木は切られ、保存され、地区の名産品として器やお守りなどに加工されることが決まった。大姫の亡骸とともに根の部分のみが土に埋められ、供養堂の脇に姫塚が作られた。

造り師の徳永は、樹木医として魂呼び桜を診察したとき、すでに延命が不可能であるのを悟ったという。それでも新しく魂呼び桜を再生させることはできるかもしれないと、若枝を数本切り取って、自分の庭に持ち帰った。そのうちの幾本かが新芽を吹いたと、ある朝、春菜に電話をくれた。地区の了承が得られれば、植樹可能な苗木にまで育てて、姫塚に植えてやろうというのである。

春菜はすぐさま南鞍寺に連絡し、住職と地区の人々はこの提案を大喜びで受け入れた。

地滑り資料館の設営準備は水面下で進んでいる。

大きな予算の確保は難しいとしても、魂呼び桜が見せた奇跡は、それを見た人々の魂を揺さぶって、砂防事務所の所長もまた、地滑りという現象を含めたこれらの物語を広く知らしめるべきだと奮い立っていたのであった。


五月。春菜は依託された供養祭仕切り一切の請求書を届けに鐘鋳建設へ向かった。

考えてみれば、アーキテクツが鐘鋳建設から仕事をもらうのは初めてだ。駐車場に車を停めたとき、春菜はふいに、これは決算期間際に舞い込んだいざこざに文句を言ったことに対する、仙龍なりの配慮だったのではないかと思い至った。事実、鐘鋳建設のおかげで供養祭の売り上げは、決算期の成績として計上された。

「あれでいいところがあるってことよね」

自分自身に言い聞かせ、春菜はバックミラーで化粧の崩れをチェックした。

請求書を持って車を降りると、ちょうど仙龍とコーイチたちが、敷地に積まれた枕木をチェックしているところであった。

「こんにちはーっ」

春菜は職人たちに声をかけた。曳家のときは揃いの法被に身を包み、一糸乱れぬ所作を披露する職人たちも、普通に作業しているときはまったくオーラを発さない。どこの現場にもいるような、ただの逞しい男たちである。

「あっ。春菜さんだ。ちーっす」

見上げるほどに積み上げた枕木の奥から、コーイチがヒョイと顔を出す。頭に被っているのは春菜が贈ったコンビニタオルだ。下で采配を振る仙龍は、黒いタオルで額をぐるりと巻いている。黒いTシャツに筋肉が透けて、惚《ほ》れ惚《ぼ》れするほど色っぽい。

「どうした」

振り向いて訊くので、

「請求書をお届けにあがりました。このたびはまことにありがとうございました」

春菜は営業スマイルでお辞儀した。

仙龍は微かに笑ったようにも思えたが、いつもどおりのぶっきらぼうで、

「事務所の二階に棟梁がいるから、渡してくれ。こっちこそ助かったよ」

と言っただけだった。もう少し何か言い様はないのか。桜が咲いて見事だったとか、あんな現象を見たのは初めてだとか、春菜はそのことについて語りたかったが、隠温羅流の職人にとって、あれは取るに足らない奇跡だったのだろうか。

「承知しました。では、事務所のほうにお邪魔します」

つんけんした感じで言うと、プイッと事務所に体を向けた。呼び止めてくれるのを期待

したのに、仙龍はそのまま仕事を続けている。

段々と腹が立ってきた。建物に入り、事務所へ続く階段を上る。

踊り場で立ち止まって、高い位置から作業の様子を覗いてみると、日射しのせいで随所に黒々と影が落ちていた。枕木の上に立つコーイチの影は、枕木の幅と隙間に沿ってデコボコになっている。ほかの職人たちの影は足下に、姿形をそのまま映す普通の影だ。

仙龍の影は……。

春菜はギョッとして目を細め、目を瞬いて、瞼をこすった。そうしておいてからもう一度見ると、仙龍の足下には、やはり黒い鎖がつながっていた。いつか見たのと同じに、捻《ねじ》れながら長く伸び、仙龍を引き込むように、その足下に絡んでいる。でも。

春菜は踊り場に伸び上がり、さらにじっと目を凝らす。

影の鎖は、やはりある。やはり、あるのだが。

「棟梁ーっ！」

思わず知らず声を上げ、春菜は階段を駆け上がった。

ノックもそこそこに事務所へ飛び込むと、閑散とした室内で自分のデスクに腰を掛け、鼻の頭にメガネを載せた棟梁が、びっくりした顔でこちらを見ていた。

「棟梁、棟梁、アーキテクツの高沢です」

棟梁はソロバンを脇に寄せ、

「そりゃ、わかってますがね」と、春菜に言う。

「そうじゃないんです。そうじゃなくって」

春菜は胸に手を置いて、落ち着け自分、と自分に言った。

「影です。仙龍の影が」

はあ？　という顔で棟梁は立ち、

「姉さん。ちったぁ落ち着きなさいよ」と春菜を戒《いまし》めた。

深呼吸して、言うべき言葉を頭の中でトレースし、わかりやすくまとめて一気に喋る。

それほどに春菜は興奮していた。

「見た。私、見たんです。因縁物件に関わると、仙龍の足に影のような黒い鎖がつながるんです。たぶん、それが、隠温羅流導師が厄年で生涯を終える理由なんです」

棟梁は眉をひそめたままでいる。

「少し前から見えるんです。でも、でも、今、踊り場で仙龍の影を見たら」

春菜はデスクの隙間を通って棟梁の前に進み出た。棟梁のデスクに手を置くと、その手を窓の外へ振る。

「鎖がひとつ、消えていたんです」

棟梁は初めて顔に表情を浮かべた。あきれ返ったという表情を。

「きっと魂呼び桜のせいだと思う。仙龍が、枯れるのを承知で桜との約束を守ったとき、そして棟梁が桜に『高砂』を謡ったとき、私、墨染めの衣を着たお坊さんが、里の大姫を迎えに来るのを見たんです。あのとき、桜吹雪の下で、二人は並んで、仙龍に頭を下げて、だから……だから……」

「若に憑いた因縁をひとつ、お礼に解いてってたっていうんですかい」

「そうよ！　そうです！　きっとそうなのよ。影の鎖が全部解けたら、仙龍は、四十二歳で死ななくてもいいんじゃないですかっ」

棟梁はじっと春菜を見つめていたが、しばらくしてから、

「なるほどねーえ」

と、呟いた。それから帳簿に目を落とし、書かれた数字を隠すように、帳簿の上にソロバンを置いた。

「ちょっと前に、若が姉さんを花筏に連れていったそうですね？」

「花筏って、珠青さんの店？　ええ」

興奮の発見を棟梁に説明できたので、春菜は少し落ち着いてきた。そして、仙龍を救えるかもしれないと思った悦《よろこ》びのあまり、立場もわきまえずに神聖な隠温羅流の事務所に飛び込んでしまった自分を恥じた。

「ていうか、すみませんでした。いきなり事務所へ飛び込んできて。ええと、あの……このたびは弊社に供養祭のとりまとめを任せてくださって、どうもありがとうございまし

た。本日は、請求書をお持ちして……」

「あっはははは」

棟梁は声を上げて笑った。

「わかっちゃいたけど、姉さんも、珠青顔負けの跳ねっ返りだねぇ」

それから、

「あんた、若に惚れてるんですかい？」

といきなり訊いた。自分の意思とは無関係に、春菜は顔から火が出そうになった。

「ほ、惚れてるって……私は、く……クライアントが……」

「まあ、いいですよ。年寄りが若いもんのあれこれに口出すってえのは野暮ですが」

まあお座んなさいと棟梁は、引き出した椅子に春菜を掛けさせ、自分も春菜の正面に座ると、春菜ではなく窓の外を遠望した。窓辺に立って見下ろせば別だが、室内に座ったままで仙龍たちの様子は見えない。それでも窓の外からは、威勢のよい職人たちの声が聞こえてくる。棟梁はその声に耳を傾けながら、静かに言った。

「もう姉さんもご存じだと思いますが、うちは特殊な家業でね。若はああいう男前なんで、女にもてるはずなんですが、寿命を切られているせいか、どうも奥手でいけねえんですよ。ま、それはあっしらがどうこう言うことじゃぁねえが……そうですか……鎖がねえ……」

棟梁の目は、どこか遠くを見つめている。

隠温羅流導師を継いだ棟梁の兄。甥《おい》っ子に当たる仙龍の父。若すぎる死を見送らなければならなかった苦い記憶がちらつくのだろう。

「ごめんなさい。差し出がましいことを言いました。よく知りもしないで」

「いやいや。むしろありがたい気持ちですがね」

棟梁はさらに何事か考えてから、言葉を選ぶように春菜に語った。

「あっしもね、こんな歳になるまで曳き屋をやってても、わからないことばっかりなんで、そこはまあね。人間ごときになんでもわかっちゃ、神様も立つ瀬がないって話だが。でもまあ、姉さんが若のことを大事に思ってくれてるってぇのは、よくわかりやした」

そう言うと、棟梁はいきなり春菜に頭を下げた。大きく開いた両膝《りょうひざ》に手を置いて、しばらくの間下げ続けている。それからパッと顔を上げ、

「若をお頼み申しやす」

と、短く言った。

「導師の関わった因縁が、鎖のように絡まって、導師を彼岸に引き込むってぇのは、言われてみれば説得力のある話でさ。あっしらだって、ただ黙って導師が寿命を迎えるのを見てきたわけじゃねえんで。そりゃ、あれこれと詐欺《さぎ》紛いの策略をして、なんとか本厄の因縁をうっちゃろうとしてきたもんですが、所詮《しょせん》人間の浅知恵が功を奏することはなかった

んでさ。もうひとつはね、無駄な期待を持たせたうえで、やっぱりダメでしたじゃぁ、若がかわいそうってものですからねえ。いつしか、寿命のことは公然の秘密みたいになっちまったってわけなんで」

「でも、棟梁。鎖の影が見えるなら、そして実際、鎖がひとつ消えたんだから、可能性があるってことじゃないですか？　鎖が消える因縁を、今回の魂呼び桜のような案件を、選んで解いていったなら」

「勘違いしちゃいけねえよ。隠温羅流は因に縁した障りを解くのが身上だ。あっしらが人間の分際で因や縁に関われるのも、それが大きな流れにあるときだけです。こっちが主導しちゃっちゃ不味いんですよ。分を超えてやるならば、私利私欲になりやすからね」

「じゃ……仙龍の寿命が尽きるのを、黙って見てろっていうんですか」

起死回生の発見をしたと思っていたのに、春菜は泣きそうな気分になった。

「いや。そうは言ってません」

棟梁は優しい顔で春菜を見る。

「大きな流れに逆らってまで、自我を通すのはマズいと言っているんでさ。川を見ればわかりますがね、流れってえのは、急激に変えるとうまくいかねえ。暴《あば》れ川になったりで、むしろ多くの犠牲を出すもんで。でもね、流れの道筋に心を凝らし、その向かうところへ誘導すれば、流れを変えることも可能です。姉さんに影の鎖が見えたなら、それはもしかして、新しい流れの先触れなのかもしれませんや」

「……私、どうすればいいんですか」

棟梁は相好を崩して頭を掻いた。

「さあ、そこだ。そこはあっしにゃわからねえ。でも、今後は姉さんの声に耳を傾けてみようと思っておりやす。諦めの悪いサニワには、諦めなくてもいい縁が寄ってくるかもしれねえですから」

結局のところ、自分はどうすればいいのだろう。

頭の中で棟梁の言葉を反芻《はんすう》していると、

「じゃ、請求書とやらを確認させていただけますかね?」

棟梁はしれしれと手を出した。

春菜はすっかりペースに呑まれ、計上した諸費用から、十パーセントを値引きさせられた。

「鐘鋳建設の棟梁……恐るべし……」

突き返された請求書を持って事務所を出るとき、春菜は再び踊り場から仙龍を見てみたが、不気味な鎖はもうなくて、きびきびと声を掛け合いながら枕木を積む男たちの姿が見えるだけだった。

因縁とは、因によってつながれた縁をいう。悪縁をつなげば悪縁が還るが、良縁をつなげば良縁が還る。縁は円。巡り巡って循環する長いスパンの生き様のことを言うのだろうか。それは川の流れにも似て、流れの声を聞くならば、やがては川の行く先を変えることすらできるのだろうか。棟梁が何を言わんとしたのかを、春菜はまだ理解できない。

因と縁とは互いに深く作用する。その作用にハサミを入れて、無理に断ち切るのはよくないと、棟梁はそう言ったのだろうか。でも、そんなことを言っているうちに、仙龍の寿命は尽きてしまう。よい縁をつなげば因縁の鎖が切れるとわかったのに、その縁がどこにあるのかわからない。今回のように偶然に、よい縁だけに巡り合えればいいのに。

鉄のレールに重い枕木、様々な敷き材に重機の数々。踊り場から鐘鋳建設の敷地を見下ろして、春菜は自分に問いかけた。

私は何か。私はどうしたいのだろうかと。

嬉々として働くコーイチの後ろを、黄色い蝶《ちょう》が舞っていく。そこへまた二頭の黄色い蝶が来て、三頭はもつれ合いながらコーイチの頭上を舞い踊る。仙龍が手を止めてそれを仰ぐと、コーイチも、ほかの職人たちも、同じように蝶を見上げた。

春菜は彼らを見下ろしながら、あの蝶のようになりたいと思った。派手でもなく、尊くもなく、自然に、ありのままにいて、それでも目を惹く存在に。仙龍に見つめられる存在に。仙龍にとってのサニワでありたい。

――あたしはあたし。サニワになるために生まれてきたわけじゃございません――

珠青は春菜にそう言った。それはまた、サニワよりも人であり続けたいという宣言にも思われた。サニワの力ってなんなのだろう。大きな流れを見極めて、あるべき方向へ水を流すのが、サニワの使命だというのだろうか。それならやっぱり、影の鎖が見えたことにも、意味があるのではなかろうか。

「高沢春菜。サニワです」

小さな声で呟いてみる。

「やっぱりピンとこないのよね」

サニワの意味は自分で決める。

春菜は深く息を吸い、もうひと言だけ呟いた。

「高沢春菜。隠温羅流の……仙龍のサニワです」

黄色い蝶が高く飛び、窓の外までやってくる。

視線で蝶を追う仙龍と、ガラス越しに目が合った。春菜はキュッと唇を噛み、お腹にぐっと力を込めて、鐘鋳建設の階段を駆け下りた。

あれからまた季節は巡り、街は新緑に包まれている。

建物の外に出てみると、三頭の黄色い蝶たちは、彼方へ飛び去った後だった。

【地区の重要文化財・人柱供養堂と魂呼び桜】

猿沢地区は古くからの地滑り危険地帯で、地滑り除けに人柱となった僧侶の伝承が残されていたが、平成三十年三月、土壌改良のための客土採掘中に住民がザルガメに入った人骨を掘り出したことから、伝承が事実であったと証明された。

尊い僧侶の亡骸は、新たに建立された人柱供養堂に祀られて、以来ザルガメが掘り出された三月下旬に人柱供養堂保存会による供養祭が開催されることとなった。

人柱供養堂の庭にあるウバヒガンザクラの変種は魂呼び桜と呼ばれ、人柱になった旅僧の亡骸を生涯守り続けた姫の悲恋を今に伝える。樹齢八百年を超す魂呼び桜は人柱発掘の年に寿命を迎えたが、その枝を接ぎ木・再生した若い桜が姫塚に植樹されている。

参考文献

ガイドブック『ゑしんの里いたくら歴史散歩』発行：板倉郷土史愛好会
『新編日本のミイラ仏をたずねて』土方正志（天夢人）
『かぶりもの・きもの・はきもの』宮本馨太郎（岩崎美術社）
『蛇抜・異人・木霊—歴史災害と伝承』笹本正治（岩田書院）
『西行全歌集』西行・久保田淳・吉野朋美（岩波文庫）
『宗教の日本地図』武光誠（文春新書）

本書は書き下ろしです。
この物語はフィクションです。実在の人物・団体とは一切関係ありません。

講談社タイガ

〈著者紹介〉

内藤 了（ないとう・りょう）

長野市出身。長野県立長野西高等学校卒。2014年に『ON』で日本ホラー小説大賞読者賞を受賞しデビュー。同作からはじまる「猟奇犯罪捜査班・藤堂比奈子」シリーズは、猟奇的な殺人事件に挑む親しみやすい女刑事の造形が、ホラー小説ファン以外にも広く支持を集めヒット作となり、2016年にテレビドラマ化。

魍魎桜《もうりょうざくら》　よろず建物因縁帳《たてものいんねんちょう》

2019年 1月21日　第1刷発行　　定価はカバーに表示してあります
2021年10月25日　第4刷発行

著者……内藤《ないとう》 了《りょう》
©Ryo Naito 2019, Printed in Japan
発行者……鈴木章一
発行所……株式会社 講談社
〒112-8001 東京都文京区音羽2-12-21
編集03-5395-3510
販売03-5395-5817
業務03-5395-3615

KODANSHA

本文データ制作……講談社デジタル製作
本文印刷・製本……株式会社講談社
表紙印刷……豊国印刷株式会社
カバー印刷……株式会社新藤慶昌堂
装丁フォーマット……ムシカゴグラフィクス
本文フォーマット……next door design

落丁本・乱丁本は購入書店名を明記のうえ、小社業務あてにお送りください。送料小社負担にてお取り替えいたします。なお、この本についてのお問い合わせは講談社文庫あてにお願いいたします。本書のコピー、スキャン、デジタル化等の無断複製は著作権法上での例外を除き禁じられています。本書を代行業者等の第三者に依頼してスキャンやデジタル化することはたとえ個人や家庭内の利用でも著作権法違反です。

ISBN978-4-06-514305-6　N.D.C.913　298p　15cm

呪《のろ》いのかくれんぼ、死の子守歌、祟《たた》られた婚礼の儀、トンネルの凶事、
桜の丘の人柱、悪魔憑《つ》く廃教会、生き血の無残絵、そして、雪女の恋——

これは、〝サニワ〟春菜《はな》と、建物に憑く霊を鎮魂する男——仙龍《せんりゅう》の物語。

よろず建物因縁帳

内藤了

講談社タイガ

人の願いは紡がれ続ける。成就してもせずとも——

その連なりを因縁と呼ぶのだ。

隠温羅《おうら》

よろず建物因縁帳

内藤了

いっこうに正体の見えない蠱峯神《やねがみ》事件の裏側で、棟梁《とうりょう》にまで死期迫る。
そして、仙龍《せんりゅう》と春菜《はな》の道行きとは——。因縁帳、完結。

シリーズ第10弾　今冬 発売予定

講談社タイガ

講談社
タイガ

荻原規子

エチュード春一番

第一曲　小犬のプレリュード

イラスト
勝田 文

「あなたの本当の目的というのは、もう一度人間になること？」大学生になる春、美綾《みあや》の家に迷い込んできたパピヨンが「わしは八百万《やおよろず》の神だ」と名乗る。はじめてのひとり暮らし、再会した旧友の過去の謎、事故死した同級生の幽霊騒動、ロッカーでの盗難事件。波乱続きの新生活、美綾は「人間の感覚を勉強中」の超現実主義の神様と嚙み合わない会話をしながら自立していく——！

講談社タイガ

Wシリーズ

森 博嗣

彼女は一人で歩くのか？

Does She Walk Alone?

イラスト

引地 渉

ウォーカロン《walk-alone》。「単独歩行者」と呼ばれる、人工細胞で作られた生命体。人間との差はほとんどなく、容易に違いは識別できない。

研究者のハギリは、何者かに命を狙われた。心当たりはなかった。彼を保護しに来たウグイによると、ウォーカロンと人間を識別するためのハギリの研究成果が襲撃理由ではないかとのことだが。

人間性とは命とは何か問いかける、知性が予見する未来の物語。

講談社タイガ

《最新刊》

アイの歌声を聴かせて

乙野四方字
原作：吉浦康裕

ポンコツAIが歌で学校を、友達を救う!?　学校がつまらない少女・悟美をAIが大騒動で助けます！　青春SFアニメーション映画公式ノベライズ！

虚構推理短編集
岩永琴子の純真

城平 京

雪女が『知恵の神』岩永琴《いわながこと》子《こ》の元を訪れる。その願いは最愛の「人間」にかけられた殺人容疑を晴らすこと。恋愛×怪異×ミステリ傑作短編集！

ゲーム部はじめました。

浜口倫太郎

虚弱体質で運動ができない高校一年性の七《なな》瀬《せ》遊《ゆう》。スポーツ強豪校で彼が選んだのは、謎の文化部だった。青春は、運動部だけのものじゃない！